JN189722

アドリブ
ad lib.
佐藤まどか
あすなろ書房

［主な登場人物］

森　祐司《ゆうじ》……イタリアで生まれ育ったが両親は日本人。トスカーナ州の田舎町《いなかまち》で母と二人暮らし。フランキジャーナ音楽院フルート科。

サンティーニ先生……フランキジャーナ音楽院のフルートの教授。

サンドロ・デッラ・コルテ……祐司《ゆうじ》の同級生で、フルート科のエース。

マルタ・ボスキ……フルート科の一学年先輩《せんぱい》。祐司《ゆうじ》を弟のようにかわいがっている。

リナ・トロメイ……祐司《ゆうじ》の同級生で、裕福《ゆうふく》な家庭の一人娘《むすめ》。

ジャンフランコ・ウグルジェーリ……音楽院では一学年上のヴァイオリン科の鬼才《きさい》。

ボーエン・チャン……ピアノ科の少年。両親は中国人。

森　朱音《あかね》……祐司《ゆうじ》の母。レストラン和田の接客係。

和田さん夫婦……レストラン和田のオーナー

目次

1 覚悟《かくご》はできているか？

黒くて大きなものが、まるで巨大《きょだい》なカメみたいに、のっそりのっそり歩道を上ってくる。コントラバスだ。前かがみになっているから顔は見えない。その重そうな動きから、ボン、ボン、ボボンという低い音が聞こえてきそうだ。

小型バスが転がるように下っていく車道はあぶないし、凝《こ》った模様の鉄柵《てっさく》で区切られた歩道はふたり並んで歩けないほどせまい。大きな楽器を運ぶのは、至難《しなん》の業《わざ》だろう。

どこから来ても、一度は坂を上らないとたどり着けないのが、この国立音楽院《コンセルヴァトーリオ》だ。城壁《じょうへき》に囲まれた古都の丘《おか》のてっぺんに、「来られるものなら来てみよ」といわんばかりにそびえたっている。

大ホールの窓枠《わく》に腰《こし》かけて、組み立てたフルートを手に、ぼくはさっきから窓の下を眺《なが》めている。五月の下旬《げじゅん》だというのに、もう真夏のように日差しが強い。それでも湿度《しつど》は低いから、窓からこうして顔を出していると風が心地《ここち》よい。

坂道をピョンピョン飛ぶように上ってくるのは、ジャンフランコだ。ヴァイオリンケースを手にひらりと体をねじって、コントラバスの脇《わき》をすりぬけた。年中だれかと口げんかしたり、数か月おきにちがうガールフレンドがいたり、いろんなコンクールに出ては優勝したり棄権《きけん》したりで、音楽院はいつも彼《かれ》の噂《うわさ》でもちきりだ。

次に坂道を上ってくるのは、サンドロだ。サンドロ・デッラ・コルテ。肩《かた》から下げているフルートケースがやけに小さく見える。メトロノーム並に正確なリズムでずんずんずんずん坂を上り、コントラバスの子に声をかけて歩道の端《はし》に寄ってもらい、堂々《どうどう》と追いぬいた。わざわざどいてもらわなくても、ジャンフランコのように体をよじれば通れたはずだけど。そういう「正論で勝負」っぽいところがサンドロらしい。

サンドロは、ぼくと同じサンティーニ教授のクラスの同級生だ。進級試験にうまくパスすれば、ぼくたちはこの秋から音楽院の五年生になる。

国立音楽院《コンセルヴァトーリオ》に入学する年齢《ねんれい》はバラバラなため、同学年でも同い年とは限らないが、サンドロとは学校も同じ学年だ。ぼくより七か月早く生まれただけだが、体だけじゃなくて、精神年齢《ねんれい》にも差があるような気がする。すでに身長は百八十センチを超《こ》えてうっすらとヒゲまで生えているし、いつも冷静だ。そのサンドロなら、こんなふうにぼーっとしていないで、清く正しく音階《スケール》の練習を始めることだろう。

「チャオ、ユージ」

振《ふ》りむくと、マルタがいた。同じサンティーニ教授のクラスの一年先輩《せんぱい》だ。兵士のような短《たん》髪《ぱつ》のうえにガニ股《また》で歩き、大口を開けてガハハと笑うからぜんぜん女に見えない、と悪口をいう男子は多いけど、ぼくはあるがままのマルタを魅力的《みりょくてき》だと思う。

「チャオ、マルタ」

「やったね、第一オケ！　あたし去年は第二だったからさ。めっちゃうれしいよ。ユージはオケの正式メンバーになるのは初めてだろ？　うれしいだろーが？」

「うん……」

せっかく念願の第一オケのメンバーになったというのに、あまりウキウキしていないのはなぜなんだろう。

「まあ、うれしいんだけど……今日は演奏しないよね？」

「本格的には秋の新学期からだよ。今日は新第一オケの顔合わせでしょ。たぶん、だれがコンマスかとか、首席奏者だとかを指名されるんだよ」

「コンマスは、たぶんジャンフランコだろうな。第一オケは二年目だし」

「まあ、みんなそういってるよ。本来ならあいつは秋からヴァイオリン科の六年生のはずなんだから。ソルフェージュで何年も足踏《あしぶ》みさえしてなきゃさ」

コンマスというのはコンサートマスターのことだ。第一ヴァイオリンの首席奏者で、指揮者の次にオケのボスだ。そのコンマス第一候補のジャンフランコは、主に楽譜《がくふ》を読む勉強のソルフェージュが嫌《きら》いで毎年試験で失敗し、留年している。

「で、ユージ、ピッコロは持ってきた？」

「うん、一応持ってるけど？」

「たぶんフルートは三本もいらないでしょ。ユージはピッコロをやれっていわれるかもよ」

フルーティストはピッコロも吹《ふ》けることが必須《ひっす》だ。ぼく、マルタ、サンドロの三人の中で、サンドロがずば抜《ぬ》けてうまいから、当然フルートの首席奏者に選ばれるだろう。メインのメロディやソロのパートは彼《かれ》が吹《ふ》くことになる。

「ピッコロか……あの甲高《かんだか》い音、苦手なんだけど」

「あんた、フルートはあんな安物でもいい音出すけど、ピッコロはひどい音だよね」

「……」

ぼくのピッコロは、ネットのオークションで買った激安の中古品で、メンテはしたものの音はすこぶる悪い。

「あー、ほら、ユージはすぐ黙《だま》りこむんだから。そういう日本人っぽい性格、いいかげんやめなよ。ちゃんといい返しなってば。そんなんじゃ、こいつに勝てないよ」

マルタがあごで指《さ》したのは、寄ってきたサンドロだ。

「だれに勝てないって？」

「あんただよ、サンドロ。ユージのＤＮＡは日本人でも、イタリアで生まれて育ってるんだから、もっと自己主張しなよっていってんの。じゃないと、あんたに勝てないでしょ」

「へぇ、オレがユージと競争ねぇ」

サンドロはうす笑いをしながらぼくをちらっと見て、すっと離《はな》れていった。

しばらくすると、サンドロは、ドーレミファソラシドーレミファソラシドーと、ものすごい速さで音階《スケール》の練習を始めた。音の階段を上がっては下がり、長調から短調に移ってまた上がっては下がる。サンドロは、四年生になったとたんにフルートの頭管部《ヘッドジョイント》だけをまず銀製にし、最近になって残りの部分も総銀製にした。たしかによい音だ。

マルタが急にぼくの頭をなでた。いつも子ども扱《あつか》いだけど、相手がマルタだから、悪い気はしない。

「ったく、ふてぶてしいヤツだよ。ま、技術的にはうまいけどさ。でもあんただって、けっこうセンスあると思うよ」

マルタのいう「けっこう」というのがどの程度のものなのかわからず、素直《すなお》に喜べない。

「センスね……」

と、ため息まじりにいう。

「うん。あんたの音、いいよ。音は小さめだけど、すごく澄《す》んでて、あたしは好きだな」

「ありがとう」

「あの安物のフルートであれだけの音出してんだから、総銀製のにすればすごくよい音になると思うよ。それにあたしたち、フルート科の全生徒の中から三人だけこの第一オケに選ばれたんだからさ。もっと自信を持ちなよ！」

フランキジャーナというこの国立音楽院《コンセルヴァトーリオ》には、大学院の生徒や先生による「シニアオケ」、オーディションで選抜《せんばつ》される「第一オケ」、必修科目のオケ参加をこなすためにメンバーがしょっちゅう入れ替《か》わる「第二オケ」の三種類がある。シニアオケはほぼプロレベルだからべつとして、第一オケは、他の都市から出張コンサートを頼《たの》まれるほど、ハイレベルなのだ。

そんな第一オケに、まさか自分が入れるとは思っていなかったから、先週のオーディション
で選ばれたときはおどろいた。
「まあ、サンドロが天才だから、どうしても自分と比べちゃうけどね」
素直《すなお》に白状した。
「天才？　ちがうよ、ユージ。熱意の差だよ」
「そうかなぁ」
「そうだってば。ま、それが才能ってやつかもしんないけどね。あいつ、ぜんぜんきびしくな
い後期中等教育校《リチェオ》に行ってるくせに、成績が最悪で留年ギリギリらしいよ。そりゃ毎日三時間
以上も吹《ふ》いてりゃ、学校の勉強をする時間なんかないだろうよ」
二時間以上は吹《ふ》くっていってたけど、サンドロはそんなに練習するのか。どこにそんな時間
があるんだろう。
ぼくは、ちらっとサンドロを見た。後ろにひっくりかえりそうなくらい背筋を伸《の》ばしたいつ
もの姿勢で、熱心に練習している。
「あいつ、プロのフルーティストになるんだから、後期中等教育校《リチェオ》は卒業さえできればいいっ
て決めたんだって。すごい覚悟《かくご》だよね」

ぼくには、そんな覚悟《かくご》は到底《とうてい》できない。

「しかもさ、親も息子《むすこ》の才能を信じていてね、卒業後はアメリカのジュリアード音楽院に留学させるんだって。そのためにお店をひとつ売るつもりでいるらしいよ」

「うわ……」

「家族ぐるみの賭《か》けだよね。あたしはフルーティストになるっていう覚悟《かくご》はできない。だから、フルートの練習は毎日三十分くらいなんだ」

ええっ、マルタはたったの三十分？

とはいえ、ぼくも平日の練習時間は少ない。先生に最低一時間半は吹《ふ》けといわれているけど、間近に迫《せま》った後期中等教育校《リチェオ》の学年末試験の勉強も大変だから、一時間が限界だ。マルタはさらにその半分の練習時間で今のレベルなんて逆にすごいと、ぼくは感心した。

「三十分の練習でそのレベルって、すごいよ」

というと、マルタはまたいつものようにガハハ、とのけぞって笑った。

そのとき、ジャンフランコが、有名なパガニーニの超絶技巧《ちょうぜつぎこう》の曲をヴァイオリンで弾《ひ》きながら近づいてきた。あいかわらずおしゃれな格好をしている。

「ジャンフリ、これ見よがしに弾《ひ》くな。しかもかなりテキトーじゃん？　いくらあんたと同じ

『カプリッチョ』（気まぐれの意）でもさ、名曲なんだから、ちゃんと弾《ひ》いてよ」

マルタがどすのきいた声でいうと、ジャンフランコは笑った。マルタはいつも彼《かれ》を略称《りゃくしょう》で呼ぶ。ふたりは同い年で、顔を合わせれば憎《にく》まれ口をきくけど、仲がいいのか悪いのかよくわからない。

「おまえにいわれたくないね。毎日三十分しか練習しないんだって？　フルートはそれでも通用するのか。オレらは、少なくとも三、四時間は練習するぜ。しかも弦楽器《げんがっき》やピアノのコースは十年だけど、フルートはたったの七年だろ」

フン、とマルタは鼻を鳴らした。

「フルートは予科を一、二年やらされるから、合わせると八年か、九年だよ」

「それをいうなら、オレたちは十年の本科プラス予科で十一年か十二年だけど？」

ジャンフランコにいい返されて、マルタは眉間《みけん》にしわをぎゅっと寄せた。

「あたしは進学校に通ってるから、練習する時間がないんだ。それに肺を使うから、息が切れちゃって三時間もやってられないしね」

「ふーん。けどサンドロは毎日三時間吹《ふ》いてるだろ？　つまり、マルタはプロのフルーティストになるつもりは毛頭ないってことか。いや、もうあきらめたのか」

マルタの顔に一瞬《いっしゅん》、動揺《どうよう》が見えた。

「……あたしは、迷ってんのさ。なにしろ学校の成績もいいもんだからさ！」

マルタはジョーク混じりだったみたいだけど、ジャンフランコはまじめな顔をした。

「おまえマゾかよ？　もっと楽な学校に転校するか、音楽院なんてさっさとやめろよ。フルートがただの趣味《しゅみ》なら、そこらへんの音楽教室にでも行けば？」

ムッとした顔つきのマルタを見て、ぼくは思わず口をはさんだ。

「どうしようがマルタの自由だろ？」

マルタをかばうというより、自分自身のためにいい返したみたいだった。ジャンフランコのいったことは、そっくりそのまま自分にもあてはまるから。

ジャンフランコはちらっとぼくを見て、片眉《かたまゆ》をきゅっと上げると、また『カプリッチョ』の続きを弾《ひ》きながら遠ざかっていった。

「気にすることないよ」

それ以上なにをいっていいかわからなかった。ぼくも練習不足だ。それはわかっている。

マルタの進学校ほどじゃないにしても、ぼくが通っている後期中等教育校《リチェオ》もきびしい。試験は口頭試問と筆記と両方あって、うっかりすると落第しかねない。だから平日は、一時間以上の練習時間はとてもじゃないけど取れないのだ。

「まあ、ジャンフリのいうことは的を射てるんだけどさ……。どこかの音楽教室なら、音楽史や音楽理論からも解放されるし、趣味《しゅみ》でやるならそれで十分なんだろうけどね。せっかくここまで来たんだから、あと二年がんばってなんとか卒業したいんだよ」

「うん。わかる。ぼくは……」

ぼくは、なぜここに何年も通っているのか。

マルタみたいに国立音楽院《コンセルヴァトーリオ》の卒業証書が欲しいから？

そうじゃない。

「ぼくは卒業証書より、もともとオーケストラに入りたかったんだ」

マルタはぼくをちらっと見た。

「そのわりには第一オケ、うれしそうじゃないよね」

いや、うれしいはずなんだけど、このところモヤモヤしていた悩《なや》みがどんどん巨大化《きょだいか》してきていて、もうどうにも逃《のが》れられない。

「うん……ちょっと、いろいろ考えることがあって」

「そっか。あんたも迷ってるんだね。あたしだってそうさ。そりゃ土日は二時間以上吹《ふ》いてるよ。それに、ただの趣味《しゅみ》にするために始めたわけじゃない。最初はプロのフルーティストになりたかった。なれると思ってたんだ。でもさ……」

沈《しず》んだ顔のマルタを初めて見た。

はっとするくらいきれいで、ドキッとした。

「あたしは、自分の才能を信じることができないんだよ。そんな覚悟《かくご》はできない」

ぼくはうなずいた。

覚悟《かくご》。それはぼくもできていない。

「あたしんち、家計が苦しいんだ。おぼっちゃんのジャンフリにはわからないのさ。サンドロんちだって、隣町《となりまち》にレストランをいくつも持っているしね。あいつらは、うまくいかなきゃ家業を継《つ》げばいい。リナなんか、資産運用だけで左うちわだしさ」

「そうだね」

「うちはそうはいかないんだよ。プロの音楽家として食べていけなかったら、ヤバいんだ。ひどい就職難だから、大学は医学部とか工学部をめざしたほうがいいかなって……」

「……わかるよ。うちなんか、たぶんマルタんちよりもっと家計が苦しいからさ」

「おたがいつらいよね。あー、世のなか不公平だなぁ！」

ぼくはそのとき、前に読んだことのあるピアニストのランランの自伝を思い出していた。中国で苦労してピアニストになったランランと、彼《かれ》の父親の覚悟《かくご》。才能を信じて突《つ》きすすんだあの覚悟《かくご》。ランランは裕福《ゆうふく》じゃなくてもプロになれた。しかも、世界でもっとも売れっ子のピアニストのひとりだ。

でも、公務員の仕事まで辞《や》めてランランの才能に人生を賭《か》けたおとうさんは、もし息子《むすこ》がプロになれなかったら、どうしたんだろう？　それはもう覚悟《かくご》なんてもんじゃない。成功するしかないわけだ。そんなところまで息子《むすこ》や自分を追いつめたランランのおとうさんは、すごいというべきなのか、狂気《きょうき》の沙汰《さた》というべきなのか。

そんな覚悟《かくご》、できるはずがない。

そもそも、ぼくにはランランみたいな才能はないんだから。

才能ってなんだろう。マルタのいうように、「熱意」なのか。「覚悟《かくご》」のことか。

もしそうだとしたら、ぼくにはその熱意だか覚悟《かくご》だかという名の才能が欠けている。毎日毎日テクニックをみがく練習ばかりで、音楽を奏《かな》でる喜びがどんどん薄《うす》れている。なんのために音楽をやっているのか、忘れてしまいそうだ。苦しいだけで、ぜんぜん楽しくもうれしくもない。それに、楽器そのものの限界という大きな問題もある。これは自分の力では乗りこえられない壁《かべ》だ。

フルートに出会ったとき、まさかこんなに悩《なや》むなんて、思ってもみなかった。あのときは、フルートが、そしてオーケストラが輝《かがや》いて見えた。あんな音を出したい。

ただ、それだけだったのだ。

2 天使の声との出会い

十歳《さい》の誕生日を迎《むか》える夏だった。

三年ぶりに日本に行き、まるで遊牧民《ノマド》のように、東京や千葉の親戚《しんせき》の家、母の友だちの家に数日ずつ泊《と》めてもらった。

イタリアに帰ってくると、ぼくの住んでいる村が前よりずっと小さく、田舎《いなか》に見えた。チカチカしたネオンやガチャガチャした音、二十四時間やっているコンビニはもちろん、自動販売《はんばい》機《き》すらもなくて、夜はうす暗い街灯と満天の星とホタルのお尻《しり》の光だけ。

「シーン」という音が耳の奥《おく》でしそうなぐらい静かで、生まれ育った場所のはずなのに、妙《みょう》に違和感《いわかん》を覚えた。

なにもないこの丘《おか》の上の村で、迎《むか》えてくれたのは、五世紀も経《た》った古い建物の中のちょっとかび臭《くさ》い小さなアパートと、静けさだけだった。両親が離婚《りこん》したときに父が残してくれたのは、この小さな家だけだったのだ。でも、ぼくには父とこの家で過ごした思い出はない。

フィレンツェ郊外《こうがい》の日本食レストラン和田で、父は長年板前をしていた。母はそこの接客係になって、父と知り合った。ぼくが小さい頃《ころ》に両親は離婚《りこん》して父は日本に帰ったが、母はぼくとイタリアに残った。日本に帰りたいけれど、仕事も居場所もないから、と母はいった。でも、本当はほかにも理由があったのかもしれない。母は今でもレストラン和田で接客係をしている。

日本から帰ってきて二日後、レストラン和田が長い夏休みを終えて再開すると、母はすぐに仕事にもどった。学校が始まる九月の二週目まで、ぼくは毎日家でひとりだった。友だちはまだ海で長いバカンスをしていて、遊び相手はひとりもいなかった。

田舎《いなか》の一日は長くて、夜は孤独《こどく》だ。キッチン兼《けん》リビングのテレビをつけっぱなしにして、ベッドルームの「基地」にいるのが好きだった。簡易テントで作った自分だけのコーナーだ。テレビの音が遠くから聞こえてくると、家の中にだれかがいるような気がして、安心できた。「基地」で黙々《もくもく》とゲームをやったり、小さな電子ピアノで、でたらめな曲を作っては大声で歌ったりした。歌うとさびしくなかった。

そんな八月末のある日、母に連れられてフィレンツェの大聖堂に行った。そこでオーケストラの無料コンサートがあるといって、店が定休日の母は、朝からはしゃいでいた。

ルネッサンス時代に栄えた花の都フィレンツェは活気に満ちていて、世界中からやってくる観光客で年中にぎわっている。そのフィレンツェで一番おいしいアイスクリーム屋のジェラートを食べさせてもらえるから、久しぶりに都会に行けるのはうれしかった。

正直いって、クラシック音楽にあまり興味はなかった。ぼくがそのころ聴《き》きたかったのは、好きなアニメの主題歌だったし、そもそも「クラシック」という響《ひび》き自体が、別世界だと思っていた。金持ちの子たちが親の趣味《しゅみ》で習わされるものだと信じていたのだ。五歳《さい》でヴァイオリンを毎日何時間も弾《ひ》くとか、どう考えてもおかしいだろう？　ふつう外で遊んだり、友だちとゲームにはまるものだろう？　そう思っていた。

母は、「節約、節約」というのが口グセだ。でも、少しお金が貯《た》まると、ミラノのスカラ座やローマのサンタ・チェチリア・オーケストラのコンサートを聴《き》きに行きたがる。もともとイタリアに来たのは、オペラが好きだったかららしい。大音量でCDを聴《き》いたり、仕事の合間や休みの日には教会や市の無料コンサートに足しげく通った。一人息子《むすこ》のぼくもたまに連れていかれたが、いつもコンサートの途中《とちゅう》で眠《ねむ》りこけた。とくにバロック音楽となると、十分とたたないうちにグーグー寝《ね》てしまい、母はぼくの腕《うで》をつねって起こした。「いたっ！」と大声でいってしまい、大ひんしゅくを買ったこともある。

母にいわせると、ぼくは「クラシック音楽が嫌《きら》いなわけはない」はずで、二歳《さい》のころにストラビンスキーの『春の祭典』を聴《き》いて、うれしそうに踊《おど》っていたらしい。

「今日はね、シエナ市のフランキジャーナっていう国立音楽院《コンセルヴァトーリオ》の生徒たちによる出張コンサートなんだって。入場無料なのよ」

母の声ははずんでいた。

「ふーん」

「規模の小さい音楽院だけど、フルートとヴァイオリンの先生は有名らしいわよ」

「ふーん」

「うちのそばには後期中等教育校《リチェオ》がないから、あなたもシエナ市に行くことになると思うわ。うちからバスで三十分かからないもの。フィレンツェでなんどもバスを乗り換《か》えるよりは行きやすいし、小さいけどすてきで安全な古都なの。こんど連れていくね」

遠くで輝《かがや》いている大聖堂の円屋根《クーポラ》を見ながら、ぼくはあいまいにうなずいた。フィレンツェの中心街は商業車やバス以外は進入禁止だから、遠くの駐車場《ちゅうしゃじょう》に車を停《と》めて、いつもあの金色に輝《かがや》く円屋根《クーポラ》をめざして歩くのだ。

「それよりさ、いっそのこと、ここに引っ越《こ》してこない？」

と、提案してみた。フィレンツェに住めば、あの絶品アイスクリームを週に一回は食べられるかもしれない。でも、母はあっさり首を横に振《ふ》った。

「だめ。少しおんぼろだけど、村には住む家があるんだから。フィレンツェじゃとてもじゃないけど家を買えないし、借りるにしてもお給料が半分飛んじゃうわ。今の家で十分。うちからお店までは車で二十分だし、緑は多いし、いうことないわよ」

緑が多いっていうより緑しかないじゃん、と思ったけど、めんどくさいから黙《だま》っておくことにした。

先のことなんて、まだ考えられなかった。五年制の後期中等教育校《リチェオ》に入るのは遠い先の話ではなかったけど、その頃《ころ》のぼくには、翌週くらいのことしかイメージできなかったのだ。

「先にアイス食べに行かない？」

ダメもとで聞いてみたが、母は首を左右に振《ふ》った。

「あとよ、あと。早めに行かないといい席が取れないの。さ、急ごう」

母が手を伸《の》ばしてきたが、ぼくは自分の手を引っこめた。十歳《さい》にもなって、母と手をつなぐなんて、だれかに見られたらはずかしい。

母はニタッと笑った。

「じゃ、ちゃんとついてきなさいよ」

人混みの中を足早に歩く母を見失わないように、ぼくは必死についていった。

後ろの入り口から大聖堂に入ると、中はひんやりとしていた。コンサートに来る人以外の入場はもう締《し》め切ったらしく、最後のツーリストが前方の扉《とびら》から出ていくのが見えた。ちょっと早すぎたのか、ぼくたちは一番乗りだった。

だから先にアイスを食べに行こうっていったのに。ブツブツいいながら母に続いた。

母は関係者席用の一列目を避《さ》けて、二列目の真ん中に陣取《じんど》った。

「えー、こんな前のほうにすわるの？」

ぼくはもっと後方にすわりたかったのだ。

「いいのいいの。早めに来たのは、こういういい席を取るためなのよ。聴《き》くだけじゃなくて、演奏している子たちの表情とかも見たいもん」

いつも「控《ひか》えめが肝心《かんじん》」とかいうくせに、こういうときはぜんぜん控《ひか》えめじゃないよな、と思いながら母を横目で見た。

ステンドグラスを通して差しこむ光はいろんな色を床《ゆか》に映しだし、天井《てんじょう》は首を九十度曲げて見上げても見えないくらい高い。そして前方の裏のほうから、いろいろな楽器の音が聞こえてくる。ウォーミングアップのために音を出しているのだろう。

やがて静かになると、奥《おく》からぞろぞろと楽器を手にした人たちが出てきた。男の人はみんな黒いスラックスに白いワイシャツに黒いネクタイ。女の人はみんな黒いワンピースだ。なんだかやけにマジメでかたくるしい雰囲気《ふんいき》だ。

「みんな十四歳《さい》から十九歳《さい》ぐらいなんだって」

と、母がささやいたとき、意外に思った。楽器を手にした人たちはもっと大人に見えたのだ。

それぞれが配置されたイスにすわって、また音をバラバラに出しはじめた。

やけに澄《す》んだ音が、もやもやした空気をつらぬいているような気がして、ぼくはきょろきょろした。でも、どの楽器かわからなかった。

「スマホの電源は切りなさいよ。あら、混んできたわ。よかったわね、早く来て」

母はそわそわしているようだった。

シーンとしたあと、一番手前にすわっていたヴァイオリンの人が合図をすると、ある楽器が音を出し、みんながいっせいに同じ音を出した。

「あれはラよ。オーボエのラに合わせてみんな楽器をチューニングするの」

母がすかさずささやいたけど、ぼくは、コンサートが終わったら夕食の時間だから、アイスクリームを買ってもらえないのではないかという心配ばかりしていた。そうだ、夕食のかわりにアイスをいつもの二倍食べるっていうのはどうだろう？

ペンギンみたいな服を着た指揮者が入ってくると、音がパッと止み、観客席のコホンという咳《せき》が、大聖堂のバカ高い天井《てんじょう》に向かって反響《はんきょう》しながら上っていった。

演奏が始まった。

ゆったりとした心地《ここち》よいメロディが流れていき、ぼくは目をつぶった。

頭の中で映像が流れはじめた。うっそうと茂《しげ》った森の中。うす暗くて、神秘的だ。ぼくは自由に森の中を飛んでいる。いろいろな鳥のさえずりや木々《きぎ》の葉が風に揺《ゆ》れる音、小川のせせらぎが複雑にまじりあう。前方がだんだん明るくなってきたようだ。

そのとき。

空気をつらぬく澄《す》んだ音がした。小鳥だ。

あわてて目を開けた。

しかし、すでにほかの楽器の音にまぎれて聴《き》きわけることができなかった。

澄《す》んだ高音は、天から音が舞《ま》いおりてきたような気がした。ヒューッと光のように地上に届いたあと、また天に帰っていくようだった。どの楽器だったんだろう？

ふんわり宙に浮《う》いたような、夢を見ているような不思議な感覚に包まれていた。と、さっきの高くて澄《す》んだ音に似た音が、もう一度空気をつらぬいた。今度は小鳥じゃない。もう少し大きな鳥、いや、まるでこの世のものとは思えなかった。

どの楽器なのか必死に目で探す。

あれだ！

静かなオーケストラの伴奏《ばんそう》をバックに、金属製の楽器を横位置にかまえた男の人がひとりでメロディを奏《かな》でているのがわかった。

弦楽器《げんがっき》やほかの管楽器の音とは、明らかにちがう。天使の声のようだ。

オーケストラの音がだんだん大きくなって、また静かになっていく。その潮の満ち引きの中で、天使の声は大聖堂の壁《かべ》を突《つ》きぬけて、はるか遠くへ飛んでいった。

一時《いっとき》だけ地上に降りてきたはかない天使。あるいは、不死鳥。

ふわふわと優雅《ゆうが》に、少しもの悲しい感じで踊《おど》っていた天使が、今度はくるくるとまわりながら踊《おど》る。天使はいつのまにか大きな不死鳥になって、森の中を自由に飛びまわる。美しく、純《じゅん》粋《すい》で、しかもどこか怪《あや》しげだ。ものすごい速さで空に向かって上っていったり、下りてきたり。天に届きそうな高い音のあとは、ゆったりとした低い音になる。さっきと同じ楽器の音とは思えない。

オーケストラが奏《かな》でる大きな波。波が静まる。

天使の声が重なる。

そこに　ヴァイオリンの粘《ねば》りのある音が入る。

天使の声がハープといっしょに、遠ざかっていく。

もう一度、オーケストラの波。

ああ、すごい、なにこれ！　背筋がゾクッとした。急に涙《なみだ》が出てきて、びっくりした。クラシック音楽には興味なかったはずなのに、涙《なみだ》が出て、出て、止まらなくなった。

突如《とつじょ》、曲はガラリと変わった。ざわざわとした胸騒《むなさわ》ぎ。激しい動き。さまざまな楽器の音の応酬《おうしゅう》となり、もうこれ以上はありえないような劇的なクライマックスを迎《むか》えて、突然《とつぜん》パッと曲が終わった。一瞬《いっしゅん》の静けさのあと、拍手喝采《はくしゅかっさい》になった。

体の中が熱かった。あんな楽器があるなんて、知らなかった。いや、見たことはあるけど、あんなすごい音が出るなんて、知らなかった。

拍手《はくしゅ》がおさまるころ、母に聞いた。

「さっき、途中《とちゅう》ひとりでメロディを吹《ふ》いていた横位置の楽器はなに？」

「フルートよ。イタリア語ではフラウト・トラヴェルソ。フルートがメインパートの〈無言劇〉、よかったよね。きれいな音で、うっとりしちゃったわ」

フルートか。

ぼくはパンフレットを見た。曲はラヴェルの『ダフネスとクロエ』の第二組曲 第三部〈夜明け〉〈無言劇〉〈全員の踊《おど》り〉だった。

中、高生の子たちがこんなにすごいことをできるなんて、ぼくには信じられなかった。そのあとの曲はラヴェルの『ラ・ヴァルス』だったけど、ぼくはさっきの『ダフネスとクロエ』のフルートの音が耳から離《はな》れなかった。

帰り道、アイスのことなどすっかり忘れて、母にいった。

「ぼく、フルートをやりたい」

3 入学試験

日中はまだ暑さが残っている九月の初旬《しょじゅん》、ぼくはフランキジャーナ音楽院の入学試験を受けに来ていた。いっしょに来てくれた母は、ぼく以上に緊張《きんちょう》しているようだった。

試験室のドアには、白い紙が貼《は》ってあった。試験の順番が書かれていたので確認《かくにん》すると、ぼくは五番目だった。モリという苗字《みょうじ》だと大抵《たいてい》真ん中より後ろのことが多いんだけど、公平さを保つために、くじ引きでランダムな順にしたと覚書があった。

それによると、フルート科の入学試験に来ていたのは三十二人。うち二十七人は、ぼくが入りたいサンティーニ先生のクラスの希望者で、新入生枠《わく》は三人だ。ロンザ先生のクラスの希望者はたったの五人で新入生枠《わく》は同じく三人。

最初からロンザ先生のクラスを希望していれば受かる確率は高かったのかなと、そのときは少しショックだった。でも、ぼくに限らず、わざわざみんながこの無名の音楽院を受験しに来たのは、サンティーニ先生のクラスに入るためなのだ。

廊下《ろうか》には、大勢の受験者や親が控《ひか》えていて、ずらりと並ぶベンチはほとんど埋《う》まっていた。ぼくより二、三歳《さい》上だろうと思う子がほとんどで、全員フルートを持ってきていた。

試験室から受験者と親が出てくると、次の受験者が呼ばれて部屋に入る。あとふたりでぼくの番だ。だんだんドキドキしてきた。

となりの席にすわっていた、ぼくと同い年くらいの男の子も、黒いケースからフルートを出して、慣れた手つきで組み立てた。

ぼくはフルートに触《さわ》ったことさえなくて、その男の子のキラキラ光るフルートをじろじろ見た。トランペットは触《さわ》ったことがあるけど、キーは三つしかなかった。でもフルートは、キーがやたらにたくさん並んでいるし、複雑な作りをしていて、とてもデリケートに見えた。こんなややこしい楽器を吹《ふ》けるんだろうか？

「きみ、フルート持ってこなかったんだ？」

と、その男の子はぼくに聞いた。

「うん。吹《ふ》いたことないんだ」

「じゃ、なんでフルートをやりたいの？」

「え……音を聴《き》いて……」

男の子はぼくを不思議そうな目で見た。

ぼくは、すっかり自信をなくしていた。てっきり、フルートを吹《ふ》いたことのない子が大半だろうと思っていたのだ。

そのとき、宝石をたくさんつけた金髪《きんぱつ》のおばさんと、その人にそっくりな顔の着飾《きかざ》った女の子がきた。女の子も手にフルートのケースをさげている。

ぼくの前の席でその女の子がフルートを組み立てていると、おばさんが張り紙を見て、顔色を変えた。

「あら、なにこれ！　アルファベット順だって聞いていたから、安心していたのに！　リナの順番はもう過ぎてるわ！」

娘《むすめ》も張り紙を見て、泣きそうになった。

「こんなのひどいわ！　責任者はだれかしら！」

おばさんは金切り声でそう叫《さけ》ぶと、音楽院の廊下《ろうか》をウロウロしはじめた。

「あのう」

ぼくの母が立ちあがって、半泣きの顔でもどってきた金髪《きんぱつ》のおばさんに声をかけた。

「もしかして、リナ・トロメイさんのお母様ですか？　さきほど、先生がお名前を呼びましたがいらっしゃらなかったので、最後にするといってたようですが……」

「えっ？」

おばさんの目から涙《なみだ》がスッと引っこんで、今度は怒《いか》りに満ちた表情で叫《さけ》んだ。

「まあ、最後ですって？　それじゃ不利だわ。リナ、ここで待ってなさい。校長先生に交渉《こうしょう》してくるわ」

おばさんは、大理石の床《ゆか》に復讐《ふくしゅう》するかのようにヒールの音を立てながら、走りさった。

「いるのよねえ、ああいう親」

「とんでもないわね。自分が遅《おく》れて来たくせに」

ほかの母親たちが悪口をいいはじめた。ぼくは思わず女の子を見る。すでに半泣きなのに……と思ったら、案の定、涙《なみだ》をボロボロ流しはじめた。

「だいじょうぶよ。順番はすぐに来るわ」

と、母が女の子をなぐさめ、ぼくも、その子に話しかけた。

「心配することないよ。ぼくなんかフルートさえ持ってないんだから」

それを聞いて、女の子が涙《なみだ》を浮《う》かべたまま笑った。

「あら、忘れちゃったの？」

ぼくは首を左右に振《ふ》った。

「フルートに……まだ触《さわ》ったことがないんだ」

女の子は目を大きく開いた。

「うそ。これ、触《さわ》ってみたい？」

女の子は自分のフルートをそっと差しだした。

そのとき、さっきのおばさんがカツカツとヒールの音を響《ひび》かせてもどってきた。

「リナ！　大事な楽器を人に触《さわ》らせるもんじゃありません！」

どなられて焦《あせ》った女の子は、ぼくに渡《わた》そうとしていたフルートを手からすべらせた。

あっ！

ぼくはとっさにフルートを両手でつかんだ。

「ぎりぎりセーフ！　はい。けっこう重いんだね」

そういいながらフルートを渡《わた》すと、女の子はホッとした表情をして、母親のほうをちらっと振《ふ》りむいた。おばさんは不機嫌《ふきげん》そうな顔でドサッとイスにすわった。

女の子は声を落として、ぼくにささやいた。

「ありがとう。わたしはリナ。あなたの名前は？」

「ユージ」

「そう。ユージ、いっしょに受かるといいね」

ぼくはうなずいたが、受かる見込《みこ》みのないことはとっくにわかっていた。なにしろぼくは手ぶらで来てしまったのだ。

となりの席の男の子が呼ばれて、試験室に入った。

防音ドアの向こうから、小さく音がもれてきた。ドアに近づいてみると、なめらかに音の階段を上下する音階《スケール》と、簡単な曲が聞こえてきた。

ぼくは貼《は》ってある表で順番を確認《かくにん》して、サンドロ・デッラ・コルテという名前のその少年は合格するにちがいないと確信した。

サンドロと彼《かれ》のおかあさんが満足げな顔つきで部屋から出てくるのと交代に、緊張《きんちょう》している母とぼくが呼ばれ、試験室に入った。

奥《おく》にふたりすわっていて、立っている先生が、書類を手に近づいてきた。

「きみはユージ・モリだね。年齢《ねんれい》は十歳《さい》、国籍《こくせき》は日本」

「はい」

「はじめまして、ぼくがルイジ・サンティーニだ」

サンティーニ先生は手を差しだした。

ぼくは先生の細くて長い指をおそるおそる握《にぎ》りかえした。

「はじめまして」

「申込書《もうしこみしょ》によると、きみはぼくのクラスに入りたいようだが、なぜかね？」

「あ、あのぅ、このあいだフィレンツェのコンサートで……『ダフネスとクロエ』のフルートソロがすごくて……。母に調べてもらったら、サンティーニ先生のクラスだったから……」

おずおずと答えると、先生はニッコリ笑った。

「ああ、なるほど。音がきれいだったろう？　彼《かれ》はつい先日、満点で卒業したばかりだよ。きみは、フルートを吹《ふ》いたことがあるかい？」

ぼくはゆらゆらと首を左右に振《ふ》った。

「あのう、この子、まだフルートに触《さわ》ったこともないんです。ピアノもやってませんし、まったくなんの準備もしていないんです。すみません」

母が申し訳なさそうにいうと、サンティーニ先生は、後ろに控《ひか》えている女の先生、そしてもうひとりの先生をちらっと見た。

このまま追いだされるのかと思ったら、サンティーニ先生は、ピアノで弾《ひ》いた音を声に出してみてといった。ぼくは先生が弾《ひ》く音を声に出した。なんどかやったあと、先生は満足げにうなずいた。

「音感はパーフェクトだね。じゃ、こんどはリズム感のテストね」

先生が手で叩《たた》くリズムをくりかえす。タンタンタン、というシンプルなリズムから、どんどんむずかしくなる。タンタタン、タタ、タンッ、タタタタ、と、先生が叩《たた》いたのをすかさずくりかえす。

「リズム感もいい」

先生は、母のほうを見た。

「では、結果は数日後にお知らせしますので」

あっという間に試験が終わって、ぼくと母は目をしばつかせながら部屋を出た。

がっかりしてうつむいていたせいか、長い廊下《ろうか》の白と黒の大理石のチェック模様が、やけに目に入った。

「つまりダメだったってことだよね？」

「わからないわ。ほめてはくれたけど。ほかの子はみんなフルートを持っていたわよね。手ぶらは祐司《ゆうじ》だけだもの」

「……だよね。音感やリズム感がよくても、フルートとは関係ないよね」

「うーん、わからないわ。リズム感は直接関係すると思うけど。ねえ、フルートをやりたいなら、なにもあの有名な先生じゃなくてもいいじゃない？　どこかの音楽教室のレッスンだけでもいいと思うな」

「でも、国立音楽院《コンセルヴァトーリオ》じゃないと、きっとお金がかかっちゃうよ」

「そのぐらいなんとかするわよ。ね、そうしようよ」

歩きながら少し考えて、ぼくは首を横に振《ふ》った。

「ううん。だって、あのときオケにいたフルートの三人はみんなサンティーニ先生の生徒だったでしょ。ぼく、ああいう音を出せるようになりたい。サンティーニ先生に習いたいんだ。それに音楽院じゃなきゃオーケストラに参加できないよ。オーケストラで吹《ふ》きたいんだ。今年がダメなら、来年再チャレンジする」

母はうなずくと、アイスを食べて帰ろうといった。

大好きなピスタチオのアイスをなめながらも、ぼくの頭の中はサンドロという少年の音色でいっぱいだった。

自分もあんなふうに吹《ふ》けるようになるだろうか。


三日後、スクールバスで学校から帰ると、母が玄関《げんかん》の外で待ちかまえていた。きっと、なにかいいことがあったんだろうと、すぐにわかった。母は満面笑顔《えがお》だったのだ。


「祐司《ゆうじ》、ビッグニュースよ！　すごいの、受かったよ、音楽院！」

母は飛びはねながらそう叫《さけ》んだ。

最初はとても信じることができなかった。入学試験でフルートを吹《ふ》かなかったのはぼくだけだったのに、受かったのだ。

「ウソ……じゃないよね？」

「合格よ、合格！」

うれしくなって、ぼくはなんどもジャンプした。

ぼくはその頃《ころ》、フルートを吹《ふ》けることが、ただうれしかった。

4 ようこそフルート

実感がわかなかった。どうしてぼくが合格できたんだろう。

あとで知ったことだけど、サンティーニ先生は、すでにフルートを吹《ふ》きはじめていて変なクセがついているよりは、まったく吹《ふ》いたことがなくても音感やリズム感がいい生徒を入れる方針らしい。へたにフルートを吹《ふ》きはじめていなくて幸いだったかもしれない。

もちろん、絶対受かるだろうなと思ったサンドロも合格した。もうひとりは、リナ。

入学手続きを終えたあとの最初のオリエンテーションの日、ぼくは母と、丘《おか》のてっぺんにそびえたっている音楽院をめざしていた。細い歩道を上っていくと、やがていろいろな音が聞こえてきた。音楽院の授業が本格的に始まるのは十月のはずだけど、生徒の多くは練習のために来ているらしい。

九月下旬《げじゅん》にしてはまだ暑い日で、試験のときに使われていた防音室の多くは、窓を開け放っていた。それなら防音の意味がないと思ったけど、湿度《しつど》が低いイタリアの学校にはエアコンがないから、西日の当たる部屋はけっこう暑くなるのだ。開いた窓のあちこちから、ヴァイオリンや、ピアノや、パーカッションの音が響《ひび》いてきた。もっと近づくと、ときどきフルートの澄《す》んだ音も聞こえてきて、ぼくは胸をはずませた。

昔修道院だったという建物には広々《ひろびろ》とした中庭があった。試験のときには緊張《きんちょう》していてよく見なかったけど、中庭の真ん中には大きな木があって、まわりには石の彫像《ちょうぞう》やレリーフのある石のベンチが、伸《の》びすぎた芝生《しばふ》に埋《う》もれていた。

一階のホールには、ぼくぐらいの年齢《ねんれい》の子どもから、大学院生の大人までいた。みんな大小さまざまな楽器ケースを持っていた。

その日、フルートを買う前に、ぼくと母はサンティーニ先生に相談しに来ていた。

ふつうのフルートだと長すぎて指が端《はし》まで届かないから、頭管部《ヘッドジョイント》がUの字型になっている子ども用のU管にしようかと思っていた。でも、サンティーニ先生はきっぱりといった。

「子ども用のU管はダメだ。音がちがう。指が届かないなら、届くところまでの音を出せばいい」

先生のリクエストは、それだけではなかった。

「必ずリングキーにするように」

フルートのキーには二種類ある。穴が開いているリングキーと呼ばれているものと、穴がふさがっているカバードキーのものだ。

プロがリングキーを使うのには理由がある、と先生はいった。

「リングキーはむずかしい。しっかり指で押《お》さえないと音が出ないからね。しかし、リングキーならではの音色があるし、微妙《びみょう》な音のちがいを出せるのだ。きみの国には、横笛というものがあるだろう？」

ぼくはあいまいにうなずいた。横笛の音が、そのときは思い出せなかった。

「横笛は、竹に穴を開けてあるだけだ。つまり、その穴をどう押《お》さえるかで、微妙《びみょう》な音のグラデーションが出せるんだ。それを、指の代わりにフタでバッチリ閉めてしまうことを想像してごらん。白黒どっちかの音しか出ないだろう？　限りないグレーのグラデーションの音が出せないんだよ。しかし……」

先生は自分のフルートで音を出した。

「今のはなんの音だった？」

「ラ……です」

「そうだね。今のはフタのように完全に穴をふさいだ場合。でも、ラのまわりには、これだけのグラデーションがあるんだよ。ほら」

先生が、穴をふさいでいる指をほんの少しずらしていくと、ラが微妙《びみょう》に変化していった。

「ああ！」

一瞬《いっしゅん》にして理解した。

「五線紙には書けない音だ。それだけではない。指で押《お》さえられると、音がより響《ひび》くといわれている。これは大事なことだ。特にコンサートホールなどの大きな場所ではね。それから、自分が吹《ふ》いているときの管の振動《しんどう》も、指でじかに感じとることができる」

ぼくは黙《だま》ってうなずいた。

「だから、リングキーにしなくてはならない。ロンザ先生はどっちでもいいというが、ぼくはちがう。ぼくのクラスでは、リングキー以外のフルートは吹《ふ》かせない」

音に対する先生のこだわりを知って、ぼくはおどろいた。

リングキーのフルートを買ってもらうために、母と楽器店に行った。初心者用の安いやつだ。ショーケースに並んでいたフルートのほとんどが、日本製だった。

「あれ、日本製のフルートしかないんですか？」

と、聞くと、店員さんが笑った。

「ええ、フルートのメーカーは世界にたくさんあるけれど、今使われているのは日本製が多いわよ。中でもM社が一番人気。プロも音楽院の中級以上の生徒も、みんなM社のフルートを使うわ。きみは日本人でしょう？　誇《ほこ》らしいでしょうね」

うなずいてはみたものの、ぼくはイタリアで生まれ育っているから、日本の楽器をほめられて誇《ほこ》らしいのかどうか、よくわからなかった。ただ、日本で買えばもっと安いんじゃないかと思っただけだ。

「おかあさん、今度日本に行くときに買ったほうが安いんじゃない？」

声を落とさなくても店員さんには日本語がわからないはずだけど、念のためにヒソヒソ声でそういうと、母は笑った。

「私も調べたけど、それほど変わらないのよね。それに祐司《ゆうじ》はそんなこと心配しなくていいのよ」

母は日本語でぼくにそう答えると、試《ため》させてもらえますか？　と店員さんに聞いた。

店員さんは、初心者用のリングキーのフルートを数本出してくれた。

キーがぜんぶまっすぐに並んでいる「インライン」というタイプと、左手の薬指がキーを押《お》さえやすいようにずれている「オフセット」というタイプを両方試《ため》してみたけれど、ぼくはなぜかインラインのほうがキーを押《お》さえやすかった。

持ち方を教えてもらって、下唇《したくちびる》の下にフルートのリッププレートを押《お》しつける。てっきり、フルートの穴に直接吹《ふ》きこむんだと思っていたから、意外だった。店員さんが指導してくれるように口の形を作って、息を吸って、吹《ふ》いた。

いきなりきれいな音が出た。

「ブラーヴォ！　なかなか音が出なかったり、ひどい音の場合がほとんどなのよ」

店員さんにそういわれて、なんだか自分がフルートに向いているような気がしてきた。

M社のは、音が深くて重厚な気がした。P社のは、音が単純だけど明るい。Y社のはその中間くらいだった。

ぼくは、P社のインライン・フルートを買ってもらうことにした。

母が支払《しはら》いを済ませると、店員さんは黒いケースに入ったフルートをさらに黒いショルダーのついた布バッグに入れて、渡《わた》してくれた。ぼくはだれかに盗《と》られないように、それを斜《なな》めがけにして、ドキドキしながら歩いた。

なんだかみんなに自慢《じまん》したい気分だった。ボクの肩《かた》から下がっているのは、天使の声を出せる楽器なんだよ。でもときどきは、大空を自在に飛びまわる不死鳥にだってなれるんだ。そういいふらしたい気分だったのだ。

「おかあさん、ありがとう！」

「いいのよ。もっといいフルートにしたかったけど……どうせ買いかえなきゃならないって聞いたから、しばらくはそれでがまんね」

買いかえるなんてとんでもない。ぼくはこのフルートが気にいった。ずっとこれを大切に吹《ふ》こう。

ぼくは布バッグの上からフルートケースをぎゅっと抱《だ》きしめた。

家に帰り、初めて三つのパーツを自分で組み立ててみた。おっかなびっくり触《さわ》るフルートはひんやりと冷たくて、窓から差しこむ光を受けて輝《かがや》いていた。

さっそく吹《ふ》いてみた。母はなんどやっても音が出なかったのに、ぼくはなぜかすぐに音が出た。

「やっぱりユージはフルートを吹《ふ》くために生まれてきたのねぇ！」

と、母は喜んだ。ぼくもうれしかった。もらった運指表を見ながら、初めてドレミファソラシドを、少し得意げに、なんども吹《ふ》いた。あの日コンサートで聴《き》いたような天使にも不死鳥にもまだなれないけど、小鳥のさえずりのような音が出た。

フルートは重くて、どうしても右肩《みぎかた》が下がってしまった。それに、ちょっと吹《ふ》くと、すぐに息が切れて、腕《うで》が痛くなった。

5 初めてのレッスン

フルートは、まるで飼いはじめたばかりの犬みたいだった。尻尾《しっぽ》を振《ふ》ってぼくを待ってくれているような気がしたものだ。学校からいそいそと帰ってくると、リュックを放りだし、手をきれいに洗ってから、すぐにフルートを組み立てた。すると、三本の金属の筒《つつ》が急に楽器に変身する。その儀式《ぎしき》が、ぼくは好きだった。

それから運指表を見て、出せる音で、知っているメロディを吹《ふ》いてみた。音はちっとも天使じゃないし、高い音と低い音を出すのはむずかしかった。

サンティーニ先生の個人レッスンが始まるのが、待ちきれない気分だった。早くきれいな音を出せるようになりたいと思った。

ある日、音楽院の図書室でサンティーニ先生のCDを見つけたから、借りて聴《き》いてみた。先生のフルートの音は、澄《す》んでいてつややかなばかりじゃなかった。曲によっては引っ掻《か》いたようなガサガサした音だった。しゃがれた低い声でうなっているようだったり、かすれた声で叫《さけ》んでいるようだったり。天使や不死鳥とはぜんぜんちがうイメージで、びっくりした。

メシアンという作曲家の『黒つぐみ』とか、イチヤナギという日本の作曲家の『忘れえぬ記《き》憶《おく》の中に』というのは、かなり有名な曲らしい。なんとなくカッコいいとは思ったけど、何曲か聴《き》いていると、暗い気分になってしまった。大人になったら、こういうのがわかるようになるんだろうか。まるで学校の美術の授業で習った抽象画《ちゅうしょうが》――キャンバスに切れ目が入っているだけだったり、色がぶつかり合ったりしている絵みたいな感じだった。

とにかく、理解はできなかったけど、サンティーニ先生がすごいってことだけは実感した。先生が巨大《きょだい》な山のように思えてきて、初めての個人レッスンに行くのが、だんだん心配になってきた。

ぼくの個人レッスンは、毎週月曜日の午後四時から一時間に決まった。学校の授業が終わってスクールバスで家にもどると、フルートや指定された楽譜《がくふ》を持って、音楽院まで母に車で送ってもらった。母は日曜日の午後と月曜日は仕事が休みだから、レッスンが終わるまで待っていてくれることになった。

十分前に着いて、掲示板《けいじばん》でレッスンの部屋番号を確認《かくにん》し、防音室の前でフルートを組み立てていると、防音室の中から聞こえていたかすかな音が止んだ。

シーンとしていたのでためらったけど、時間ピッタリに防音室をノックした。

「どうぞ！」

先生の声がしたのでドアを開けた。

先生は、前の週に会ったときより、身長が十センチくらい高くなったように見えた。入学試験のときや、フルートを買う前に相談したときには笑顔《えがお》だったのに、今の顔つきは険しくて、ぼくは怖《こわ》くなった。

部屋のすみのイスで、ぼくの前の生徒がフルートを解体して拭《ふ》きながら、顔を上げた。無精《ぶしょう》ひげをはやしていて、その頃《ころ》のぼくにはまるでおじさんに見えた。

そのおじさんみたいな生徒はちらっとぼくを見て「チャオ」というと、またすぐにフルートに目を落とした。ぼくはワンテンポおくれて「チャオ」と返した。

「ユージ、時間どおりだね。彼《かれ》は七年生のジョルジョだ。ジョルジョ、彼《かれ》はユージだ」

と、先生がぼくたちを紹介《しょうかい》してくれた。

七年生が防音室から出ていって、ぼくと先生のふたりだけになった。緊張感《きんちょうかん》が増してきた。

組み立てたフルートを先生に見せると、先生は念入りにチェックした。なんどもキーを押《お》したり、光に当ててバネを見たり、まるでフルートを作っている職人さんのようなきびしい目つきでチェックしてから、「問題はなさそうだ」といった。

それから先生はおもむろに頭管部《ヘッドジョイント》を取って、残りは解体してケースに入れるようにいった。どうして頭管部《ヘッドジョイント》だけを使うのか、不思議だった。

「最初の一週間は、これだけでいい。まず、これを吹《ふ》いてきれいな音が出せるようにすること。穴の三分の一をふさぐ感じで、こうやってリッププレートを唇《くちびる》の下に当てるんだ」

先生はそういうと、自分の金色のフルートの頭管部《ヘッドジョイント》だけをはずし、唇《くちびる》の下にあてて吹《ふ》いた。

ホーっと、きれいな音が出た。

「やってごらん」

ホー。先生よりちょっと小さな音が出た。

「いい音だ。もう少し、こうして」

角度を直される。唇《くちびる》の下に当てる角度をちょっと変えるだけで、音がずいぶん変わる。

ホー。さっきよりきれいな音。

「今度は手で反対側をとじてごらん」

やってみると、ボーと低い音が出た。

「次は唇《くちびる》の穴を小さくして。ほら、ホースで水をまくとき、指で出口をふさいで小さくすると、水の勢いが強くなるだろう？　あれと同じ原理だよ」

なんどかやると、ピーという一オクターブ高い音が出た。頭管部《ヘッドジョイント》だけで、なんのキーも押《お》さえていないのに、ホー、ボー、ピー、さらにそれらの微妙《びみょう》なバリエーション。ぼくはびっくりしながらホーホー吹《ふ》きつづけた。自分がフクロウになったみたいな気がした。

一時間のレッスンが終わったころには、へとへとにつかれていた。


二週目から、やっと三パーツを組み立てたフルートで授業が始まった。

「まず一番大切なのは、姿勢だ。両足をこんなふうに前後に少しずらしてしっかり開いて、背筋を伸《の》ばす。自分の口がフルートにいくのではなく、フルートが自分の口にやってくるように。家でも鏡を見て、あごを引いて吹《ふ》きなさい」

「はい」

「あと、わきを締《し》めていてはダメだ。肘《ひじ》をこのくらい上げて。そう」

先生にいわれたポーズでやっていると、あちこちが痛くなった。

ソラシ、シラソだけをくりかえす練習曲を吹《ふ》き、その次の週からだんだん吹《ふ》ける範囲《はんい》が増えていった。

ある日、先生の前でずっと吹《ふ》いていたら、のどが痛くなってきた。泣きじゃくったあとのような感じ。

「のどが痛いか？」と聞かれて、自分がのどをさすっていたことに気づいた。

「はい。ちょっと……」

「のどを閉めているからだ。ちゃんとした姿勢で、のどを開放して吹《ふ》けば痛くならない」

「のどを……開ける？」

「あくびをするとき、咽頭《いんとう》が下がってのどが開放される。のどのここの部分を触《さわ》ると、わかるよ。それと同じだ。そうすると音がよく出るし、痛くならない」

息を吐《は》きだしながらのどぼとけを触《さわ》り、あくびをするふりをして、またのどぼとけを触《さわ》った。

「なんとなく、わかりました」

「よし。ではのどを開けること。それと正しい姿勢で吹《ふ》くこと」

サンティーニ先生に直された姿勢で吹《ふ》こうとすると、ものすごく不自然な気がした。フルートが重くて、だんだん体が右に傾《かたむ》いていく。

「姿勢！」と、声が飛んできた。

「あごを突《つ》きだすな。のどを開けて」

フラットやシャープのない八長調の音階《スケール》から始まった練習をなんどもなんどもやり直されていると、途中《とちゅう》で息が苦しくなってきた。フルートが重くなってきて、傾《かたむ》きそうになる。すると先生が指でぼくのフルートの先をぐいっと上に押《お》しあげた。

サンティーニ先生の個人レッスンは、想像以上にきびしかった。まず、姿勢と呼吸法を徹底《てってい》して直された。

きびしいレッスンを終えると、百メートルダッシュを十回やったような感じだった。息が切れて、右腕《みぎうで》が、そしてフルートを支える左の人差し指の付け根がじんじん痛かった。

ネットで動画を検索《けんさく》すると、有名なフルーティストでも姿勢が悪い人もいる。でも、国立音楽院《コンセルヴァトーリオ》では、担当教授のいうことは絶対だ。

家に帰ると、指導されたとおり、ぼくはピッと背筋を伸《の》ばしてフルートをかまえて吹《ふ》いた。先生にいわれたとおりに吹《ふ》いていたら、音がどんどんきれいになっていった。

窓の外は丘陵《きゅうりょう》の斜面《しゃめん》で街灯も家もないから、曇《くも》りの日の夜は真っ暗になる。でも、幸いほとんど毎晩満天の星で、月はこうこうと斜面《しゃめん》を照らしてくれる。それを見ながら音階《スケール》の練習をしていると、世界にはぼくと自分のフルートしか存在していないような気がした。

やがてフルートをかまえている姿勢が苦痛にならなくなると、フルートとぼくは一体化しているような錯覚《さっかく》さえした。

二か月目のレッスンのとき、リングキーにはまだシリコンのフタがはまっていた。

「指がしっかり届かない右端《みぎはし》の二つはまだはめたままでもいいが、残りは取ろう」といって、先生はシリコンのフタを次々《つぎつぎ》にはずし、ゴミ箱に捨ててしまった。心細くて、できることならゴミ箱にかけよって、こっそり取りもどしたかった。

「音階《スケール》は毎日必ず練習するように。これはプロになっても続けるものなんだ。それから、ここからここまで、来週までに仕上げておくように」

レッスンが終わると、先生は練習曲集の五曲分にバッテンをつけた。曲といっても半ページほどの短いものだ。ぼくはうなずいて譜面台《ふめんだい》から自分の練習曲集を取り、部屋のすみのイスにすわった。

フルートの中はびちょびちょになっていた。専用の布を棒の先につけて、そっと中を拭《ふ》いていると、サンティーニ先生が廊下《ろうか》で待っていた母を招き入れた。先生が母になにをいうかと思って、ひやひやした。

「一か月経《た》ったので感想を申しあげます。次回からは、特別なとき以外はわざわざ来ていただく必要はないので、どうぞ下の待合室でお待ちください。ええと、ユージは」

といってから、先生はちらっとぼくを見た。拭《ふ》く手を止めて先生を見ていたぼくは、あわてて視線をそらした。

「非常に速いスピードで上達しています。ご自宅では、姿勢に気をつけて毎日最低でも一時間半は練習するようにご指導ください。彼《かれ》はゼロから始めた分、のびしろが大きいと思いますよ」

それを聞いて、こっそりガッツポーズをした。

ぼくのあとのレッスンで防音室に入ってきたリナにも、聞いてほしかったくらいだ。

チェス盤《ばん》みたいな白と黒の大理石が交互《こうご》にはめこまれている床《ゆか》を、スケートリンクをすべるように進みながら、ぼくはなんだか将来有望なフルーティストの卵になったような気がしていた。高さが八メートルくらいある天井《てんじょう》さえ、いつもより低く明るく見えた。

6 スポットライト

同期のぼくら三人は、あまり仲がいいとはいえなかった。ぼくは入学当初からリナとも話したし、サンドロとも話した。でもリナとサンドロは、ほとんど口をきかない。

それでも、予科の一年が終わりに近づいた四月、状況《じょうきょう》は変わってきた。六月頭の発表会に合わせて、先生がぼくたち三人と一学年上のふたりでフルートアンサンブルをやるように指示したのだ。

コーラスの授業のあとに、五人が集まって一時間練習することになった。そうなると一年先輩《せんぱい》のボーイッシュな女の子と、ソバカスだらけの男の子とぼくたち三人は、たがいに口をきかないわけにもいかなかった。自然にリナとサンドロも話すようになって、ぼくは正直ホッとした。

六月頭の暑い日、生まれて初めての発表会の日がやってきた。月曜日だったから、母も聴《き》きに来てくれた。

「お休みをもらってでも行くわよ」

と、いってくれたけど、ぼくはまだ予科の一年生で、そこまでしてもらうほど出番があるわけじゃなかったから、お店の定休日でホッとした。

リハーサルは五時に始まり、途中《とちゅう》で軽く食べて、八時半からの発表会にそなえた。

ドレスコードは白と黒。男子はみんな白いワイシャツかポロシャツに黒いスラックスで、女子は黒いドレスか白のブラウスに黒いスカートかスラックスだ。普段《ふだん》はジーンズにカラフルなTシャツのみんなが上下白黒になると、やけに大人っぽく見えた。

リハーサルでほかの学年の生徒たちの演奏を聴《き》くのは、とても楽しかった。ぼくたち予科の生徒は伴奏《ばんそう》なしだけど、本科の生徒たちはみんなピアノ伴奏《ばんそう》つきだった。フルートだけで吹《ふ》いているときとちがって、音楽が豊かになる。同じ曲とは思えないほどだ。ぼくも早く伴奏《ばんそう》つきで吹《ふ》いてみたいと思った。

フルートをやりはじめたばかりのぼくにとって、上級生はみんなうまくて、もうプロじゃないのかと思ったほどだ。それでも先生にとっては未完成で、最後の最後まで、細かい点をきびしく注意した。

サンティーニ先生の生徒十六人の発表会は、それぞれの両親や祖父母、友人知人、ほかの科の先生や校長先生、生徒たちが次々《つぎつぎ》に席を埋《う》めていき、小ホールの二百人の席はあっという間に満席になった。さらに一般《いっぱん》の市民もどんどん入ってきて、立ち見が出た。

まず予科のぼくらが、いわば前座的な感じでアンサンブルを吹《ふ》く。サンティーニ先生があいさつの言葉を述べているあいだ、舞台裏《ぶたいうら》の袖《そで》からそっと観客席を見ていて、緊張《きんちょう》のあまり膝《ひざ》がガクガク震《ふる》えだした。いつもはおしゃべりなリナも、ぼくの横で口を閉ざして下を向いていた。

でも、サンドロだけは、平然としていた。

「怖《こわ》くないの？」と聞くと、サンドロは「ぜーんぜん」と即答《そくとう》した。

「六歳《さい》の頃《ころ》から地元の吹奏《すいそう》楽団に入ってたから、町中を練りあるきながら吹《ふ》いたり、広場で吹《ふ》いたりしてたんだ。人前で吹《ふ》くのはもう慣れっこだよ」

なるほど。人前に出て演奏するなんてことにも、慣れることができるのか。

「ユージ、わたし失敗したらどうしよう」

リナがぼくの袖《そで》をぐいぐい引っぱった。

「だいじょうぶ。五人だから、きっとだれが失敗したかなんて、わかりゃしないよ」

自分にいい聞かせるつもりでいうと、リナが顔をパッと明るくした。

「そっか。そうだね」

先生の紹介《しょうかい》のあと、先輩《せんぱい》ふたり、サンドロ、リナ、ぼくの順に舞台《ぶたい》に出た。これで最初の緊《きん》張《ちょう》をなくそうというのが先生のねらいらしかった。

ぼくは人前に出るのは苦手だ。でも、いざスポットライトを浴びて、拍手《はくしゅ》を受けると、急に肝《きも》がすわった。

アンサンブルはうまくいき、いったん袖《そで》に入ってから、次はリナ、ぼく、サンドロの順に短い曲をソロで吹《ふ》くことになっていた。リナもさっきよりはずっと落ちついた様子で舞台《ぶたい》にもどった。

ところが、リハではうまく吹《ふ》いていたリナが本番で失敗しまくって、なんども最初からやり直した。ぼくはそれを舞台裏《ぶたいうら》で聴《き》いていて、だんだん焦《あせ》ってきた。ぼくもリナみたいに失敗しそうだと思ったのだ。

そのとき、アンサンブルで仲良くなったマルタが来て、ぼくの頭をなでてくれた。

「心配しないでいいよ。去年はさ、緊張《きんちょう》しすぎてぜんぜん吹《ふ》けない予科の子もいたんだよ。でも先生は怒《おこ》らなかったから」

「え、そうなの？　それって、だれ？」

マルタはしまった、というような顔をした。

「あー、まあ、それ、あたしだけど」

といってから、ニマッと笑った。

「予科の子がうますぎたら、いやみじゃん。下手でちょうどいいの。ほら、行っといで！」

リナが半泣きで舞台裏《ぶたいうら》にもどってきたけど、ぼくはマルタに背中を押《お》されて、すっきりした気分で舞台《ぶたい》に立った。

スポットライトがまぶしくて、幸か不幸か拍手《はくしゅ》をしてくれている観客席はよく見えなかった。お辞儀《じぎ》をして、譜面台《ふめんだい》に楽譜《がくふ》を置いて、先生に教えられてきたとおり、左右の足を前後に少しずらして開いて立ち、フルートをかまえた。ドキドキしていた。怖《こわ》さと同時に、今まで味わったことのない高揚感《こうようかん》があった。

大きく息を吸いこむと、ぼくは吹《ふ》きはじめた。たぶん、手ぶらで舞台《ぶたい》に立ったらもっと緊張《きんちょう》しただろう。でもフルートを持っていると、守られているような気がした。

意外なことに、先生ひとりの前で吹《ふ》くときより気が楽だった。短い曲だったけど、いつもまちがえていた箇所《かしょ》もなんなくこなし、リピート記号を見忘れることもなくしっかりくりかえし、リハのときよりうまく吹《ふ》けた。

大きな拍手《はくしゅ》が起きた。お辞儀《じぎ》をして、おそるおそるサンティーニ先生の顔色をうかがうと、先生はニッコリ笑って立ちあがった。

「ユージは本番に強いタイプだな！」

ホッとしたぼくは、もう一度お辞儀《じぎ》をして、舞台裏《ぶたいうら》にそそくさと引きあげた。

マルタが待ちかまえていてくれて、ぎゅっとハグをしてくれた。

「ブラーヴォ！」

はずかしくてうれしくて、耳が熱くなった。

そんなぼくをちらっと見たサンドロは、姿勢をピッと正して、堂々《どうどう》たる足取りで舞台《ぶたい》に向かった。

サンドロの曲は、ぼくやリナとはちがって、けっこう長い曲だった。ミスもなく、とても上手で、終わったときには拍手喝采《はくしゅかっさい》だった。

いつのまに、あんなにうまくなっちゃったんだろう。

入学前から地元の吹奏楽団《すいそうがくだん》でフルートを吹《ふ》いていたサンドロは、ぼくやリナより一歩も二歩もリードしていたけど、サンティーニ先生いわく、悪いクセがついていたから飛び級はさせずに一年生からやらせたという。でも今日の演奏は、ぼくたちとはまるでレベルがちがうように聴《き》こえた。

リナやサンドロといっしょに客席に行き、母のとなりにすわると、きらびやかな服装のリナのおかあさんが斜《なな》め前でふきげんそうな顔ですわっているのが見えた。

「ママ、ごめんなさい。あたし緊張《きんちょう》しちゃって……」

リナの声が聞こえた。

ぼくは少しいたたまれない気持ちになって、そっとため息をついた。

発表会の一週間後に、進級試験があった。

ぼくたち同期三人は、予科の二年目をやらずに本科の一年生になれた。

7 敵はソルフェージュ

ぼくたちはみんな、小学校や、前期・後期中等教育校《スクオーラメディア・リチェオ》に通いながら音楽院に来るという、きつい二重生活を送っている。

ぼくは週に三回、バスで音楽院に通うようになった。イタリアの場合、親の送り迎《むか》えがあたりまえだから、最初はサンティーニ先生や近所のおばさんにおどろかれた。

「なに？　帰りは暗いのに、親の迎《むか》えなしだと？」

「こんな夜遅《おそ》くにひとりで帰るなんて、信じられないわ！」

なんて、ずいぶん心配された。もっとも、田舎町《いなかまち》にとっては「夜遅《おそ》く」だけど、たかが夜の八時だ。しかも降りるバス停から家まではすぐだから、心配されるほどのことでもない。

ただ、夏は夜の十時まで明るいけれど、秋になればどんどん日が短くなり、八時はもちろん真っ暗だ。しかも都会とちがって、七時半には店がぜんぶ閉まってしまう。うす暗い街灯に照らされた道を歩くのは、ぼくと野良《のら》ネコとハリネズミぐらいだろう。でもオオカミが近所の農園の羊を襲《おそ》った翌日の夜は、さすがにちょっと怖《こわ》かった。

小さい頃《ころ》、夜はとなりのおばさんの家にあずけられていた。小学校に入る頃《ころ》から、母が仕事に行かない日以外はひとりで留守番をし、夕食をレンジで温めてテレビの前で食べ、シャワーを浴びて、歯をみがいて、ベッドに入った。家中の電気をつけっぱなしにして母の帰りを待ったが、たいてい眠《ねむ》ってしまうのだった。母が帰ってくるのは、夜の十一時半をまわっているから、待てなかったのだ。

目が覚めても母がいなかったらどうしよう、とよく心配したが、そんなことは一度もなかった。朝起きれば必ずキッチンに母がいた。

ひとりで夕食を食べることにはすぐに慣れたけど、家の中は明るいのに窓の外が暗いのはあまり好きじゃなかった。一歩外に出れば闇《やみ》にまぎれてしまいそうで、不安になるからだ。でも、夜は窓ガラスの正面に月がやってくる。ぼくはそのタイミングでフルートの練習をするのが好きだった。そのときばかりは、部屋の電気を消してドアを閉める。そうすると、窓の外は暗黒じゃなくて、月明かりでほんのり明るいことに気づいたのだ。

フルートは、自分の分身みたいな気さえしていた。口下手のぼくのかわりに、なにかを伝えようとしてくれているのだと信じていた。フルートを聴《き》いてくれる相手は、窓の外に広がるオリーブ畑の斜面《しゃめん》だったり、月だったり。譜面台《ふめんだい》の上の小さなライトを頼《たよ》りに楽譜《がくふ》を読み、月明かりに照らされた丘《おか》を見ながらフルートを吹《ふ》いていると、ちっともさびしくなかった。

ぼくとサンドロは、それぞれの町の前期中等教育校《スクオーラメディア》に入り、音楽院では本科の一年生になった。前期中等教育校《スクオーラメディア》は、宿題がやたらに多かった。しかも、音楽院で、フルートの個人レッスンだけじゃなくて音楽理論の基礎《きそ》であるソルフェージュの授業が始まると、一日二十四時間じゃ足りなくなってきた。

「学校なんてさっさと終わらせたいよ」

と、ある日サンドロはいった。

「ほんと、時間ないよね」

「ああ。宿題とか試験勉強とか、時間のムダだ」

「ムダ？」

「そう、ムダ。でも、前期と後期の中等教育校卒業証書があって、さらにここを卒業したら、音大卒の資格が取れるんだ。そしたら、例えばサンティーニ先生が卒業したスイスの音大の大学院にも入れる。とにかく卒業資格は必要なんだよ」

当時十二歳《さい》になったばかりだったサンドロの口から、そんな言葉が出てくるとは思いもよらなかった。ぼくはまだそんな先のことは考えもしていなかったのだ。

「もうそんなことまで考えてるんだ？」

「あたりまえじゃん。パリの高等音楽院の修士もねらってる」

「へえ……将来は、やっぱりオケが目標？」

サンドロは首を左右に振《ふ》った。

「いや。ソリストになりたい。ユージはちがうのか？」

返事に困った。フルートを始めてまだ一年ばかりで、まともな曲を吹《ふ》いていなかったのだから。

「わかんない。まだ早いよ」

「ふーん」

サンドロには、迷いがない。最初から、フルーティスト以外の道は考えていなかったのだ。自分に才能があるかとか、将来の不安とか、そんな悩《なや》みとは無縁《むえん》に見えた。

ソルフェージュの授業はむずかしいうえに、学校の宿題や復習もしなくてはならず、だれかとサッカーをしたりゲームをしたりする時間はまったくなくなってしまった。せっかくクラスメイトに誘《さそ》われても、毎回断るしかなかった。

「つきあい悪いな」と、なんどいわれたことか。みんなは、音楽なんてただの遊びだと思っている。どんなに大変かなんて、たぶん想像もつかないだろう。

「音楽なんてただの余興《よきょう》だろ。遊ぼーぜ」

なんていわれると、内心腹がたったけど、説明してもムダなのはわかっていた。余興《よきょう》どころか、修行《しゅぎょう》っていうか、ほとんど苦行だ。

「ごめん。今日も行けないんだ」

と断ると、必ず「つまんねえの」といわれた。そしてだんだん遊びの誘《さそ》いは来なくなった。

フルートの指導者として全国に名を馳《は》せているルイジ・サンティーニ先生のクラスのレベルは高くて、ぼくは先生の要求に応《こた》えるだけで精いっぱいだった。

学校と並行して、音楽院に通う。きびしいレッスンを続け、必修科目になっているコーラスにも参加し、さまざまな楽器のコースの生徒といっしょにソルフェージュを三年間やる。五年生になると、最低二年間のオーケストラ参加も義務づけられる。音楽史や和声法など、かなり高度な音楽理論の勉強も始まる。

音楽理論や音楽史などの毎年の進級試験にパスしないと、専門楽器の学年も進級できない。

なんとか進級しても、ソルフェージュの修了試験《しゅうりょう》で不合格になって、足踏《あしぶ》みをする生徒もいる。そのひとりがヴァイオリン科の鬼才《きさい》、ジャンフランコだ。彼《かれ》はぼくより一学年上だったが、ソルフェージュが苦手で進級試験に落ちた。それでぼくらと同じソルフェージュのクラスになった。

「先生、オレ楽譜《がくふ》読めるから。っていうか、一回聴《き》けば弾《ひ》けるから、ソルフェージュなんかやる必要ないっすよ」

ジャンフランコは、ソルフェージュの先生に抗議《こうぎ》した。

「もうマジうんざりっていうか、時間がもったいないっていうか。こんな時間あったらヴァイオリン弾《ひ》きたいんで、帰っていいっすか？」

先生はホワイトボードに書いていた手を止め、首をまわした。

「そういうおごった考え方はやめなさい。楽譜《がくふ》を読めるというが、きみは試験にパスしないじゃないか。つまりソルフェージュができていないということだ。国立音楽院《コンセルヴァトーリオ》では、例外は認められない。ソルフェージュの修了《しゅうりょう》試験にパスできないなら、永遠に留年だよ」

ジャンフランコは、両手を広げて大げさなジェスチャーをした。

「オレは音楽をやりたいんだ。お勉強をしに来てるわけじゃない。楽譜《がくふ》もちゃんと読めてる。だから国際コンクールにも入賞して、結果を出してるじゃないっすか」

みんながちらちらとジャンフランコを見る中、本人はのけぞった格好でイスに寄りかかり、となりにすわっているサンドロはクスクス笑った。

リナは振《ふ》りかえり、「どうしようもないバカね」といった上から目線でジャンフランコをにらみつけた。

先生は、ゆっくりと体ごとこっちに向きなおり、腕組《うでぐ》みをした。

「なるほど。けれどきみは、自分で選ぶ自由曲は得意だが、課題曲によっては棄権《きけん》するらしいじゃないか。それは、きちんと譜面《ふめん》読みをしないと演奏できないタイプの曲だからではないのかね？　一度聴《き》いただけでは理解できない曲もある。それはやはりソルフェージュをしっかりと……」

先生がそこまでいったとき、突如《とつじょ》ジャンフランコは立ちあがり、教室を出ていってしまった。

先生は大きくため息をついた。

「ときどきいるんだ、ああいう生徒。自分が天才だと思いこんでいる。たしかに才能はあるのかもしれない。しかし、長年いろいろな音楽院で教えてきたが、ああいう思いあがったヤツで成功した例をひとりも知らない」

教室の空気が一瞬《いっしゅん》にして凍《こお》りついた。

ジャンフランコはありあまる才能があるから強気でいられるんだろうと、だれもが思っていた。みんなは内心、やりたい放題のジャンフランコにあこがれていたところもあるのだ。だれだって、あんなふうに「関係ねえよ」という態度でわが道を行きたい。ぼくもそうだ。もちろん、そんなことはできない。だからいつも彼《かれ》は注目の的なのだ。

先生の言葉は重くて、そのあとはだれも口をきかなかった。

8 息が音に、音が音楽に

国立音楽院《コンセルヴァトーリオ》のプログラムは全国統一の規定があって、二、三年生のレパートリーにはバロックのフルート・ソナタが多い。新しい曲の楽譜《がくふ》を渡《わた》されると、一、二か月で仕上げなくてはならない。

毎日練習していて、どうやらぼくはバロックや古典派よりも、ロマン派以降の音楽のほうが好きだと気づいた。とくに、ドビュッシーやラヴェルやストラヴィンスキーを聴《き》いていると、映画を観《み》ているように具体的なイメージやシーンが浮《う》かんできて、その世界をさまよっているような不思議な感覚に襲《おそ》われる。

いっぽう、マルチェッロやヘンデルのソナタは神聖な感じはするし、心が落ちつく。けれど、頭の中で映画が始まったり、ヒリヒリしたり、胸が熱くなったりはしない。

音楽院の低学年の課題曲は、バロック音楽がほとんどだから、ぼくは心のどこかで不満をいだいていた。もっと情熱的な曲を吹《ふ》きたいと願っていた。初めてフィレンツェで聴《き》いたラヴェルの『ダフネスとクロエ』のような感動を味わいたかったのだ。もちろん、自分にはまだそういう曲を吹《ふ》く技術がないこともわかっていたけれど。

そんな矢先、サンティーニ先生から新しい楽譜《がくふ》を渡《わた》された。

「音楽院規定のバロックの曲以外に、比較的易《ひかくてきやさ》しいラヴェルの曲を持ってきたよ。もともとピアノ曲として書かれたものを、ラヴェル自身が管弦《かんげん》楽曲にアレンジしたんだ。これは、それをさらにフルート&ピアノ用にアレンジしたものだ」

『亡《な》き王女のためのパヴァーヌ』

題名に聞き覚えがあった。

ト長調で四分の四拍子《びょうし》、速度記号は四分音符《おんぷ》=五十四でレント（ゆっくり）だ。

譜面《ふめん》を見ていると、頭の中にシンプルで美しいメロディが流れだした。ゆったりとしたリズム。悲しくて、どこかなつかしい感じのするシンプルなメロディ。

「吹《ふ》いてみていいですか？」

もうすぐぼくのレッスン時間は終わるけれど、短い曲だから、いけるかもしれない。

先生は時計をちらっと見てから、うなずいた。

「死んだ王女のための〈葬送曲《そうそうきょく》〉ではなく、今は亡《な》き、昔のスペインの王女の舞踏《ぶとう》、という意味で書かれたものらしい。だから悲しみや苦しみではなく、なつかしい、遠い時代を想《おも》いながら、豊かに吹《ふ》いてほしい」

先生は、最初はいっさい口を出さずに吹《ふ》かせてくれる。そして二度目から、指導が始まる。

ぼくはうなずいて、ゆっくりと吹《ふ》きはじめた。

音符《おんぷ》を目で追いかけながらも、頭の中にイメージが広がっていく。少しセピアがかった画面の中で、少女が踊《おど》っている。夕日のあたる中庭。ゆっくりと少女が踊《おど》る。手を伸《の》ばせば、届きそうな距離《きょり》まで近づく。笑い声が聞こえてきそうだ。そしてだんだん少女が遠のいていく。遠い、遠い時代の人なのだ。

すーっと曲が終わった。

初めて、心から好きだと思える曲を吹《ふ》いた。うれしくて、ドキドキしていた。

先生を見ると、もう一度吹《ふ》けと手でジェスチャーをした。

こんどは出だしから先生の指示が入る。

「もっと流れるように」「息つぎ《ブレス》はするな。こらえろ」「ターラリララー、ここは少しづつ盛り上げて」「ためこんで」「消え入るように」

先生は歩きながら指示する。腰《こし》を曲げたり、大きく伸《の》びたり。両手を大きく広げたり、拳《こぶし》を突《つ》きだしたり。ぼくはその指示に従って吹《ふ》く。ここで盛り上げる。静かに終わる。

吹《ふ》きおわると、次のレッスンのリナがすでに部屋に入っていた。いつからそこにいたのか、ぜんぜん気がつかなかった。

「初見だからしかたがないが、息《ブ》つ《レ》ぎ《ス》をしすぎだ。記号以外のところで息《ブ》つ《レ》ぎ《ス》するな。腹を使って大きく吸いこめ。だが、吸いこむ音をあまりさせるな。曲がぶちこわしになる。どうしても息が続かないなら、ここで息《ブ》つ《レ》ぎ《ス》だ」

先生は鉛筆《えんぴつ》で印をつけた。

「はい」

「もっと体を動かせ。吹《ふ》いていると自然に体が動くはずだぞ。そんな微動《びどう》だにしないガッチガチの状態で吹《ふ》けるはずがない。盛り上がるときは下からこう上に伸《の》びていく感じだったり、逆だったり。動き方は自由だ。動きすぎるとフルートがずれるからそれもよくないが、もう少し柔軟《じゅうなん》に、感情に身をまかせて体を動かしなさい」

「はい」

「肺活量が少ないなら、毎日ジョギングをして体を鍛《きた》えなさい」

「はい」

「これは、技術的には初心者でも吹《ふ》けるぐらい易《やさ》しい。そこが落とし穴だ。変なところで息《ブ》つ《レ》ぎ《ス》をすれば、せっかくの旋律《せんりつ》が台無しだ。循環《じゅんかん》呼吸ができるようになるといいんだが」

「循環《じゅんかん》呼吸？」

「口から息を吐《は》きながら同時に鼻で吸う。フルートから口を離《はな》さずに吸って吹《ふ》きつづけるから『循環《じゅんかん》呼吸』なんだ。あえてやらない人もいる。世界一といわれるフルーティストでも、循環《じゅんかん》呼吸はしない人もいる。とにかく、ぎりぎりの息で必死に吹《ふ》くんじゃなくて、余裕《よゆう》を持て。シンプルな曲ほど情感豊かに吹《ふ》かないと、ただ退屈《たいくつ》な曲になってしまう。簡単な曲ほどむずかしいとはそういうことだ。わかったかね？」

ぼくは大きくうなずいた。

楽譜《がくふ》を閉じて、フルートを片手に、端《はし》のイスへ移動する。そこにすわってフルートを拭《ふ》く前に、いわれたことを譜面《ふめん》に書きこんだ。ふと顔を上げると、リナは怒《おこ》ったような顔をしていた。

どうしたんだろう？

「先生、わたしもああいう曲が吹《ふ》きたい。もっとむずかしい曲にしてください」

なんだ、そういうことか。ぼくは、あきれながらリナをちらちら見た。

サンティーニ先生はクスッと笑った。先生はめったに笑わないから、意外だった。

「向上心につながる競争心ならいいがね。きみにはちがう曲を用意してある。あとのお楽しみだ。まずはアンデルセンの練習曲から始めなさい」

リナはふてくされた目つきでぼくをちらっと見ると、ぷいっと顔の向きを変えて、フルートをかまえた。ぼくはおかしくなってきて、やっとのことで笑いをおさえた。リナは、子どもっぽいところがある。

とにかくぼくは、すてきな曲に出会えたこと、そして初見でもまあまあ吹《ふ》けたのが、うれしかった。

楽譜《がくふ》を読めるというのは便利だな、と感じていた。楽譜《がくふ》なんか読めなくても音楽はできる、という人もいる。もちろんそうだろう。特にジャズとかは、アドリブが命だろうし。

でも、読めると楽しい。ふりがながついているおかげで、漢字の苦手なぼくでも大人用の小説を読んで楽しめるような感じだ。退屈《たいくつ》なソルフェージュのおかげで、ぼくは楽譜《がくふ》はすでに読めていた。まだ一度も聴《き》いたことのない曲でも、ちゃんと頭の中に音楽が流れだす。

とはいっても、実際に吹《ふ》いてみると、やっぱり想像していたものを超《こ》える。

ピアノや弦楽器《げんがっき》、打楽器は、触《さわ》ればとりあえず音が出る。でも吹奏《すいそう》楽器は、自分が息を吹《ふ》きこまない限り、音が出ない。

フルートに、自分の息を吹《ふ》きこむ。

息が音に、音が音楽になる。

息を吹《ふ》きこんだとたん、ただの金属の筒《つつ》に命が宿る。

命が宿ったフルートの音は、譜面《ふめん》上に行儀《ぎょうぎ》よく並んだ音符《おんぷ》とちがって、生き生きと、ときに激しく動きだすのだ。

9
正しく吹《ふ》けばいいってもんじゃない

その年の六月には前期中等教育校《スクオーラメディア》の魔《ま》の卒業試験があった。全国共通の英・数・国の筆記試験のほか、七人の先生の前での各科目の口頭試問だ。こんな日々《ひび》が一週間続く。しかも、毎年クラスのなん人かは落第するのだ。ストレスと疲労《ひろう》でぐったりして、音楽院のほうは少しおろそかになってしまった。

毎日熱《ねつ》が出そうなほど勉強をして、フルートは三十分吹《ふ》くだけで精いっぱいだった。きびしくて有名なサンティーニ先生も、卒業試験のある生徒は大目に見てくれたから、助かった。

卒業試験が終わったあとも、なんどもいやな夢を見た。七人の先生たちが遅《おく》れているぼくをイライラしながら待っている。ぼくは技術の卒業制作の模型を背負い、音楽のプレゼンテーションのためにフルートと譜面台《ふめんだい》を持ち、数学や科学、歴史、地理、国語、英語、フランス語の教科書や辞書を頭の上にのせて、汗《あせ》をだらだら流しながらやっと着いたのに、試験室に入れてもらえない。ぼくは怒《いか》り狂《くる》って叫《さけ》び、泣き、おもむろにフルートを組み立ててかまえ、みんながいやがるような高音をくりかえしくりかえし挑戦的《ちょうせんてき》に吹《ふ》いて、徹底《てってい》して抗議《こうぎ》する。こんな夢をなんども見た。そのくらい、ストレスの多い試験だったのだ。

なんとか学校を卒業できて、クラスメイトたちが大喜びで祖父母と海の家に出発していったのに、ぼくには続けて音楽院の進級試験が待ちかまえていた。

悪夢のようだった。フルートの進級試験のほかに、三年間のソルフェージュの修了《しゅうりょう》試験もあったのだ。

フルートは練習不足が続いていたため、ぼくは毎日五時間ぐらいフルートを吹《ふ》いた。なかなかうまくいかないパッセージ（曲の部分）があると、その部分だけをなんども吹《ふ》いた。

自分では気づかないが、そばで聴《き》いているほうは耐《た》えがたいものだったのだろう。

仕事が休みの日、家でくつろいでいた母が耳を押《お》さえながら来て、

「夕方まで友だちの家に避難《ひなん》する。こわれたＣＤプレイヤーみたいに同じところばっかりくりかえすんだもの！　頭がおかしくなりそうだわ！」

といい残して逃《に》げだした。

そりゃそうだろう。なにしろ、うまくできないところをなんども、へたすると百回くらいも

くりかえすんだから。しかもたいていは、耳をつんざくような高音だ。高い音をきれいに出すのがむずかしいのだ。

六月だというのに、なるべく窓を閉めて吹《ふ》いた。早朝や深夜、高齢者《こうれいしゃ》や赤ちゃんの昼寝《ひるね》時間は避《さ》けたけれど、静かな村だけに、けっこう遠くまで聞こえていたはずだ。

近所の人には「精が出るねぇ」といわれたが、たぶんうるさくて迷惑《めいわく》だったと思う。ぼくは、いつもうるさくてすみません、とあやまった。

「いいんだよ、この辺は田舎《いなか》で静かだからさ、あんたのフルートのきれいな音は、となりの丘《おか》の上まで響《ひび》くよ、きっと」

そういわれると、ほめられているのか嫌味《いやみ》なのか判断しかねたけれど、やめるわけにはいかず、午前中一時間、夕方の二時間、夜八時からの二時間、吹《ふ》いて吹《ふ》いて吹《ふ》きまくった。残りの時間はソルフェージュの勉強にあてた。

そして、無事にフルートの進級試験をパスした。ソルフェージュの試験もパスして、終了《しゅうりょう》証書をもらえた。これは資格試験だから、卒業証書のような立派な証書だった。母は喜んで、おおげさにそれを額に入れた。ソルフェージュのクラスの三分の一の生徒がパスできなかったことを思えば、おおげさでもなかったかもしれない。サンドロとリナも試験をパスした。

九月には市立の後期中等教育校《リチェオ》に入学し、音楽院では四年生になった。ヨハン・セバスチャン・バッハのソナタが三曲レパートリーに入った。好きな曲だけれど、演奏するのは苦手だった。譜面《ふめん》上はわりと簡単そうに見えるのに、うまく吹《ふ》けないのだ。リズムを正確に、指をもたつかせずに吹《ふ》くのは至難《しなん》の業《わざ》だった。

前のように「吹《ふ》くのが楽しい」という感覚はもうなくなっていた。テクニックをみがくことばかりで、曲を楽しむような余裕《よゆう》はなかった。それに、バッハの名曲も、なんども吹《ふ》いていると飽《あ》きてくる。

学校の数学やラテン語の宿題をこなすのと同じ感じで、音楽院の「宿題」をやっている気がしていた。

演奏するとか、吹《ふ》くとかじゃなくて、「こなす」というのがピッタリだった。

ある日、ぼくは音楽院のレッスン室の前で、耳をそばだてていた。

なんて速さだろう。厚ぼったい防音ドアの向こうからもれてくる、きらびやかな音。ぼくみたいに指がもたついたりしていない。音の階段を苦もなくタタッとかけのぼっては滑《すべ》るようにかけおりて、自由自在だ。サンドロらしい完璧《かんぺき》な演奏だ。

脱落者《だつらくしゃ》が出たせいで、個人レッスンの順番が変わった。サンドロが木曜日から月曜日に変わって、ぼくのすぐ前になった。脱落《だつらく》したのは、ほかの音楽院から編入して二年目の女子生徒で、サンティーニ先生に「なにかほかのことをしたほうがいい。きみにはきっとフルート以外の才能があるはずだ」といわれて、やめていったのだ。

そんなことをいわれたらどうしよう？

ぼくは、サンドロみたいな技術は持っていない。同じ学年とは思えないサンドロのすぐあとで吹《ふ》けば、技術の差がよけいに目立ってしまう。

案の定、レッスンが始まると、サンティーニ先生はいつになく渋《しぶ》い表情で、ぼくのまわりをゆっくりと歩きまわった。

この上なくつまらない練習曲は、まずまずの評価をもらえた。抑揚《よくよう》のないメロディとリズムのくりかえしだが、テクニックをみがくための練習曲なのだからしかたがない。

ところが、バッハのソナタを吹《ふ》きおわっておそるおそる振《ふ》りむくと、先生の目は凍《こお》っているようだった。

「それがきみの『音楽』なのか？」

ぼくはフルートをおろして、小さなため息をついた。

左の人差し指の付け根がじんじん痛い。第四楽章まで吹《ふ》きおわると、汗《あせ》だくになり、左手の人差し指の付け根が赤くなる。ほとんど指一本で、金属製の重いフルートを支えているのだから。

「えーっと……」

なにがいけなかったんだろう。練習はしてきた。リズムはしっかりできていたはずだ。今までさんざん「リズムが正確じゃない。メトロノームを使って楽譜《がくふ》どおりに吹《ふ》け」といわれてきたから、徹底《てってい》してリズムを正確に吹《ふ》くことを練習してきた。

「メトロノームを使って……」

「ユージ、正確に吹《ふ》けばいいってものではない。たしかにリズムは正しかった。しかしな、これは練習曲でも音階《スケール》の練習でもないんだ。曲だ。音楽だ。そうだろう？」

「……はい」

「最近のきみはおかしいぞ。技術的にはよくなってきたが、今度は表現力がなくなってきた。この分じゃコンクールどころか、次の進級試験は合格させられないかもしれない」

血の気が引いてきたぼくは、黙《だま》ったままうなずいた。

「ただ、小さなコンクールに参加してみるのはいいかもしれない。場慣れするためにもね。毎年三月に、銀行が主催《しゅさい》する芸術奨励奨学金《げいじゅつしょうれいしょうがくきん》があるのは知っているかね？　この学院の生徒しか参加しない小さなものだが」

「聞いたことはあります……」

「こんどはきみを推薦《すいせん》しようと思っていたんだ。各科の教師が推薦《すいせん》する者の中から、審査員《しんさいん》が公平に選ぶ。ただ、減点方式のコンクールとはちがうんだよ。この音楽院の校長も審査員《しんさいん》のひとりではあるが、残りは銀行のお偉《えら》いさんたちだ。つまり、感動させられるかどうか、なんだ。正確に吹《ふ》けるようになるだけじゃダメだ。自分なりに曲をきちんと消化しろ。もっと心をこめて」

「はい」

ぼくはうなだれて、部屋を出た。

サンドロは、すでにあちこちのコンクールに参加していた。去年の夏もトスカーナ州の地中海側で行われる国際音楽コンクール・フルート部門の十五歳《さい》以下のクラスに参加した。

そのときは、ぼくも聴《き》きに行った。仕事が夏休みになっていた母が車で連れていってくれたのだ。走行距離《きょり》が二十万キロを超《こ》えた古い車は途中《とちゅう》で二回もエンストして、あやうくコンクールの開会式に遅《おく》れそうになったけど。

サンドロの競争相手は、ミラノの名門国立音楽院《コンセルヴァトーリオ》から来ていた十五歳《さい》の大柄《おおがら》な少年で、ズバぬけた表現力でムーケの『パンの笛』を吹《ふ》いて会場を湧《わ》かせた。ぼくは胸を揺《ゆ》さぶられた。いつかその曲を吹《ふ》きたいと、強く思った。きっと彼《かれ》が優勝するだろうと想像した。

ただし、コンクールは減点法で採点される。聴衆《ちょうしゅう》が感動するかどうかは関係ない。審査員《しんさいん》たちは楽譜《がくふ》を見ながら演奏を聴《き》き、ミスをしたら減点していく。

その点サンドロは、いつものように、まったくミスをしなかった。その頃《ころ》のぼくにはおそろしくむずかしそうだったジュナンの『ヴェニスの謝肉祭』を吹《ふ》いたのだ。

「あら、あの子、ものすごくうまいけど、塩を入れわすれてゆでた高級スパゲッティみたいね。上質だけど、味がしないわ」

「ほんとほんと。さっきの『パンの笛』を吹《ふ》いた子のほうがずっとよかったわ」

ぼくの後ろにいたおばさんたちが話していたのが聞こえてきて、思わず苦笑した。感じたことは、みんな同じらしい。ぼくもサンドロの演奏には、なんの魅力《みりょく》も感じなかった。曲自体もぼくの好みではなかったけど、観客の拍手《はくしゅ》も圧倒的《あっとうてき》にミラノの少年を評価していた。

しかし、サンドロが優勝したのだ。まだあどけない少年が、まるでプロの奏者のように完璧《かんぺき》な吹《ふ》き方をしたのを聴《き》いて、結果に不満を持つ人もいなかったと思う。コンクールはコンサートじゃない。減点方式なのはみんなも知っているはずだ。

リナも同じコンクールに参加していた。いつものようなミスはあまりせず、得意のモーツァルトの『アンダンテ　ハ長調　KV《ケッヘル》315』を吹《ふ》いて、四位入賞を果たした。ところが、このときもトロメイ夫人はさして喜びもせず、おそろしい形相でサンドロの優勝カップをにらみつけていた。

「おめでとう」とサンドロに声をかけると、

「あれ、ユージ、来てたんだ。なんで参加しなかったんだ？」

と、聞かれたが、ぼくは素直《すなお》に「サンティーニ先生からまだコンクールは早いっていわれたから」とはいえなかった。

「まあ、伴奏者《ばんそうしゃ》も見つからなかったから、今年はただ勉強に来ただけ」

なんて、かっこつけて答えてしまった。

「すごいね、きみもリナも」

と、リナにもおめでとうをいいたくてきょろきょろしたが、リナもおばさんも、もう見当たらなかった。

「まあ、リナの場合は、華《はな》やかな容姿や妖精《ようせい》じみたドレスが曲の雰囲気《ふんいき》に合っていたのも、多少はプラスになったかもしれないな」

と、サンドロは冷たくいった。正直、ぼくにとってはサンドロの完璧《かんぺき》な演奏よりも、表現力豊かだったリナの演奏のほうがよかった。でも、それは単に好みの問題なのだろう。

とにかく、同じ学校からふたりも入賞者が出るケースはめずらしくて、これを機にサンティーニ先生の名はますます広まっていったのだった。そしてサンドロは今年、有名なガッゼッローニ国際フルートコンクールで優勝をねらっているらしい。もちろんリナも、トロメイ夫人に尻《しり》を叩《たた》かれ、あちこちのコンクールに次々《つぎつぎ》参加している。

だけどぼくは、まだ一度もコンクールに参加していなかった。コンクールに慣れることも必要だと聞いたし、なにより自分のモチベーションの向上に役立つはずだったが、サンティーニ先生は毎年「きみにはまだ早い」の一点張りだったのだ。

どの楽器でも、優秀《ゆうしゅう》な生徒は三年生ぐらいからどんどんコンクールに参加することを考えると、自分には才能がないのだろうと思いはじめていた。

10
伴《ばん》奏《そう》者《しゃ》を探せ

四年生も半ばになると、サンティーニ先生は、ロマン派や十九世紀後半の作曲家の曲もいくつか提案してくれた。

先生が見せてくれた中級レベルの曲のリストには、知らない作曲家の名前もたくさんあった。アリユー、フォーレ、シャミナード、カゼッラ、ゴダール、ライネッケ、ゴーベール、チュルー……キリがないほどだった。レベルに合わせた曲順にやっていくということで、最初に渡《わた》された楽譜《がくふ》は、カゼッラの『バルカローラ&スケルツォ』だった。

バルカローラはヴェネツィアのゴンドラの舟歌《ふなうた》だ。音符《おんぷ》を目で追っていると、波のゆらゆらとした動きに合わせたメロディが頭の中に流れだした。すぐにでも吹《ふ》いてみたかったけれど、先生はよく練習しておくように、といって楽譜《がくふ》を閉じてしまった。

「ああ、それから、そろそろ自分の伴奏《ばんそう》ピアニストを探したほうがいい」

ドキッとした。

「もしかして、コンクール用ですか?」

ワクワクしながら聞くと、先生は「いや」と即答《そくとう》した。

「きみは、全国コンクールにはまだ早いと思う」

また今年もコンクールに参加できないのか……。

「しかし、前にも話した、春の芸術奨励奨学金《げいじゅつしょうれいしょうがくきん》の選定会は考えてもいい。この音楽院の生徒しか参加しない小規模なものだが、十七歳《さい》以下の全生徒の中から、各科の教授が推薦《すいせん》した五十人ほどが参加する。フルート科からは、きみを推薦《すいせん》してもいいと思っている。だから今からピアノ伴奏《ばんそう》に慣れておく必要があるんだ。それに、伴奏《ばんそう》があるのとないのでは、曲のイメージがぜんぜんちがうし、だれかといっしょに演奏する楽しさやむずかしさをどんどん体験するべきだからね」

「はい」

ちらっと耳にした限りでは、その芸術奨励奨学金《げいじゅつしょうれいしょうがくきん》の選定会は、ピアノやヴァイオリンなど全楽器がごちゃまぜの選定会だから、フルートなどの吹奏《すいそう》楽器は不利らしい。

それでも、参加できるのはうれしい。

「わかりました。でも、伴奏者《ばんそうしゃ》って、いったいどうやって探したらいいんですか？」

サンドロのおかあさんはプロのピアニストを息子《むすこ》の専属の伴奏者《ばんそうしゃ》として雇《やと》っているけれど、うちはそんなの絶対ムリだ。

大きなコンクールになると、主催者側《しゅさいしゃ》の伴奏者《ばんそうしゃ》でなければならないという規定のある場合もある。それ以外は、自分の専用伴奏者《ばんそうしゃ》といっしょに参加する人が多い。いっしょにやり慣れていて、しかも自分のペースに合わせてくれる伴奏者《ばんそうしゃ》と参加したほうが有利だ。専用の伴奏者《ばんそうしゃ》のいない参加者は、不利になる。数メートル後ろの位置からスタートを切る百メートル走のようなものだ。

「ふつうは知り合いのピアニストとか、学生とかね。ピアノ科は伴奏《ばんそう》も単位のひとつだからみんなやるんだが、いかんせん、うまい伴奏者《ばんそうしゃ》は忙《いそが》しすぎる。なにしろフルートだけじゃなくて、弦楽器《げんがっき》や管楽器、木管楽器など、みんなピアノ伴奏《ばんそう》を欲しがるからね。でも、とりあえず、この学生掲示板《けいじばん》に張り紙をしてみたらどうだい？」

ぼくはその日のうちに、さっそくノートの一ページを破って書いた。

『フルート科　サンティーニ教授のクラス四年生。ピアノ伴奏《ばんそう》をしてくれるパートナーを探しています。ユージ・モリ』

「ピアノ伴奏《ばんそう》」のところは、太い赤字に黒の枠線《わくせん》つき。そして掲示板《けいじばん》のど真ん中に貼《は》りつけた。かなり目立つ。

「控《ひか》えめが肝心《かんじん》」といっていた母の顔が浮《う》かんだけど、そんなことをいっている場合じゃない。伴奏者《ばんそうしゃ》はそうそう簡単には見つからない。端《はし》っこのほうなんかに貼《は》ったら、だれも読んでくれないにちがいないんだから。


伴奏《ばんそう》をやってあげてもいいよ、という連絡《れんらく》がやっときた。張り紙をしてから二週後だった。ホッとしたけど、サンティーニ先生にアドバイスされたことを思い出した。

「優秀《ゆうしゅう》なピアニストでも伴奏《ばんそう》がうまいとは限らない。相手の演奏に合わせられ、引きたて役にまわれる伴奏者《ばんそうしゃ》は少ないんだ。まずやってみて、相性《あいしょう》のいいピアニストを見つけなさい」

いわれたとおり、お試《ため》し期間を設けることにした。

相手はピアノ科八年生の女子生徒で、かなり成績のいい優秀《ゆうしゅう》なピアニストという噂《うわさ》だった。全国コンクールの入賞歴もあるらしい。

ところが、楽譜《がくふ》をあらかじめ渡《わた》しておいてから、初日に二度合わせてみて、無理だと思った。ぼくに合わせてくれないだけじゃない。ぼくが彼女《かのじょ》のピアノに合わせようとしても、なにしろ音が大きすぎて、自分のフルートの音がろくに聴《き》こえなかったのだ。

「あのー、すみません。もう少し音を抑《おさ》えてもらえますか？」

と頼《たの》んでみたが、結果はほとんど変わらなかった。最初こそ小さめの音量で弾《ひ》いてくれるけど、だんだん大きくなり、最後には大音量になってしまうのだった。

「あなた、伴奏者《ばんそうしゃ》と演奏しなれてないわね」

と、いわれて、ぼくはショックを受けた。

そうか、問題はぼくなのか。そうなのかもしれない。でも、ピアノの音がこれだけ大きい伴《ばん》奏《そう》なんて、アリかな。

数日後、三度目のトライアルのとき、サンティーニ先生が練習室にやってきた。しばらくきびしい目つきで聴《き》いてから、先生は伴奏者《ばんそうしゃ》に向かって口を開いた。

「きみ、たしかに上手だな。しかし、きみのピアノリサイタルじゃないんだ。これはあくまでも伴奏《ばんそう》だよ。ピアノの音が大きすぎてフルートが聴《き》こえない。きみはフルートをまったく聴《き》かないで独《ひと》り歩きしているよ」

すると、伴奏者《ばんそうしゃ》はおもむろにいやそうな顔をした。

「先生、あたしずいぶん抑《おさ》え気味に弾《ひ》いたんですよ」

「ほう、あれでかね?」

「ええ。あたしはいつもはもっとガンガン弾《ひ》くタイプなんです。それに、前もヴァイオリンの伴奏《ばんそう》をやったことあるけど、うまくいきました。思うんだけど、たぶんこの子の音が小さすぎるんですよ」

「『伴奏《ばんそう》』の意味を、きみは学んでいないのか?」

「気に入らないなら、ほかの人にあたってください。あたしはもうこの中国人さんを助けてあげられないわ」

先生は、イライラするときによくやる、腕《うで》を組んで首を少し曲げた姿勢で、伴奏者《ばんそうしゃ》を見つめた。

「彼《かれ》には名前がある。ユージだ。それと、彼《かれ》は日本人だが、国籍《こくせき》は関係ないだろう。きみは外国で、もし知り合いから名前でなく『そこのイタリア人』とか、『あのスペイン人』とか呼ばれたら、うれしいかね?」

伴奏者《ばんそうしゃ》はムッとした表情で先生を見ながら、立ちあがった。

「ああ、日本人でしたっけ。アジア系ってみんな同じ顔だから、まちがえました。それにあたしは外国でスペイン人と呼ばれても、フランス人と呼ばれても、べつにかまわないわ。とにかく、この子を助けてあげようと思ったけど、もうごめんです」

みんな同じ顔……。欧米人《おうべいじん》には、アジア系がみな同じ顔で見わけがつかないと本気で思っている人がいる。でも、面と向かっていわれたのは初めてだった。

先生はつかつかとピアノに近づくと、伴奏者《ばんそうしゃ》をにらみつけた。

「きみはつくづく無礼な人間だな。ピアノの技術をみがく前に、人間性をみがきたまえ」

伴奏者《ばんそうしゃ》はサンティーニ先生を見ずに、楽譜《がくふ》のコピーをぼくにつきかえし、「さようなら」とだけいって出ていった。

「あ、あの……」

いやな空気になってしまい、ぼくはうろたえていた。

「気にするな。いろいろな生徒を見てきたが、ちょっと賞をもらったからってかんちがいしてるヤツもたまにいるんだ。まあろくな音楽家にはならないな。成功する人間はみな、真剣《しんけん》なだけじゃない。自分の欠点を認め、絶えず向上心のある人間だけだ」

ああ、それはソルフェージュの先生もいっていたことだ。

「ほかを当たりなさい。ピアノ科は四クラスある。だれかいるだろう」

ぼくはうなずいて、小さくため息をついた。

さらに一週間経《た》ったころ、廊下《ろうか》で背後から「きみがユージ？」と声をかけられた。振《ふ》りむくと、なんどか校内で見かけたことがある少年だった。同じアジア系だなとは思ったけど、話したことはなかった。白人だらけの学校でマイノリティ同士なんだから、一度くらい話していてもよかったけど。

「ぼくはボーエン。ピアノ科のボーエン・チャンだ」

「ああ、伴奏《ばんそう》の！」

ボーエンはうなずいた。伴奏《ばんそう》をやってくれるピアノ科の生徒はみんな高学年だから、ぼくとあまり変わらなく見える若い生徒が立候補してくれるとは、思っていなかった。

「チャオ。フルート科四年生のユージ・モリ。きみは何年生？」

小柄《こがら》なボーエンを見ながら、ちょっと不安になっていた。

「四年生」

ぎょっとした。四年生で伴奏《ばんそう》か？

「そうなんだ……。あれ、ソルフェージュで会ったことないよね？」

と聞くと、ボーエンは木曜日のクラスだったといった。

「あの……伴奏《ばんそう》やったことある？」

おそるおそる聞くと、ボーエンはかぶりを振《ふ》った。

「ないよ。必修科目の伴奏《ばんそう》はもっと先だから。でもやってみたいなって思って」

ちょっとがっかりした。多分、技術的にもまだ未熟にちがいない。ぼく自身が未熟だから、せめて伴奏《ばんそう》のピアニストはレベルが高くて、リードしてもらえるとうれしいんだけど。

でも、そんなことをいっている場合じゃない。このあいだの八年生以来、だれも連絡《れんらく》してきていないのだから。

「ええと、じゃあ、時間のあるときに、試《ため》しに合わせてみる？」

というと、ボーエンはニッコリ笑った。

「今すぐでもいいよ」

えっ、練習もしないでいきなり？　と思ったけど、善は急げだ。ぼくはうなずいて、空いている練習室のカギをもらいに走った。

ボーエンは、練習室のピアノの前にすわって、カゼッラの『バルカローラ&スケルツォ』の楽譜《がくふ》のコピーを見つめたまま、しばらく黙《だま》っていた。

やっぱり四年生でいきなり伴奏《ばんそう》なんて無理だよね、と思っていると、ボーエンが急に顔を上げた。

「ちょっとひとりで弾《ひ》いてみるよ」

「あ、うん。わかった」

練習室のすみにあるイスにすわってフルートをいじっていると、ボーエンが弾《ひ》きはじめた。

うまい！　それに、このあいだの八年生みたいにガンガン弾《ひ》くわけじゃなくて、抑《おさ》え気味に弾《ひ》いているのがわかる。

弾《ひ》きおわったボーエンに、ぼくは思わず拍手《はくしゅ》をしていた。

「すごいね。初見でそれだけ弾《ひ》けるんだ」

「うん。けっこうシンプルだから……じゃ、合わせてみる？」

「わかった。やってみよう」

ぼくはドキドキしながら、ピアノが見える位置に譜面台《ふめんだい》を置きなおし、フルートパートの楽《がく》譜《ふ》をのせる。もうほとんど暗譜《あんぷ》しているけど、フルートパートの下に小さくピアノパートが載《の》っていて、それを見ないと、関係性がわからない。

まずはピアノで始まる。ダララダララー　ダラララーと、重々《おもおも》しいピアノのメロディがリピートされ、ここでぼくが入る。

ところが、入るタイミングがちょっと遅《おく》れてしまった。

「ごめん、もう一回やってくれる?」

ボーエンはもう一度最初から弾《ひ》きはじめ、ぼくに合図を送った。

ひとりでなんども吹《ふ》いた『バルカローラ&スケルツォ』を吹《ふ》きはじめる。

ピアノが弾《ひ》き、ぼくが入る。ぼくが吹《ふ》き、ピアノが入る。そして同時に。

ああ、なんだろう、この心地《ここち》よさ!

まるでぜんぜんちがう曲みたいだ。

ピアノがメインの箇所《かしょ》になると、ボーエンは音量を上げて弾《ひ》き、すぐに波が引くように音を抑《おさ》える。ヴェネツィアの運河に停泊《ていはく》しているゴンドラが、小さな波に揺《ゆ》られている感じ。ピアノとフルートの音が、絶妙《ぜつみょう》なタイミングで重なる。

ゆらゆらした第一楽章のバルカローラとちがって、第二楽章のスケルツォは、早いパッセージのフルートとピアノがぶつかり、はじけあい、重なる。波と波がぶつかっている感じだ。ゴンドラは外海に出て、大きく波をかぶりながら、潮の流れにのって猛《もう》スピードで進んでいく。

やがてゴンドラは冒険《ぼうけん》を終えて小さな港に入り、静かに曲が終わった。

「ボーエン、すごく……」

うれしすぎて言葉を続けられないでいると、ボーエンは細い目をさらに細くして笑った。

「なんか心地《ここち》よかったね。もう一回やろう」

ぼくは大きくうなずくと、もう一度フルートをかまえた。

ボーエンとの練習もなんどかやって、曲はほぼ完成したと思えた。サンティーニ先生に聴《き》いてもらうと、銀行が主催《しゅさい》する芸術奨励奨学金《げいじゅつしょうれいしょうがくきん》の選定会に推薦《すいせん》するといってもらえた。

はやる気持ちを抑《おさ》えきれず、ぼくは小走りに申込用紙《もうしこみ》をもらいに行った。

ボーエンはピアノソロでも参加するらしい。

翌日、書きこんだ申込用紙《もうしこみ》を秘書課に持っていくと、廊下《ろうか》でサンドロとすれちがった。奨学《しょうがく》金《きん》というぐらいだから、裕福《ゆうふく》な子たちは参加する必要はないんだろうけど、念のために聞いてみることにした。もしサンドロも参加するなら、ぼくに可能性はない。

「チャオ、サンドロ。きみは奨学金《しょうがくきん》の選定コンクールには参加しないよね？」

「あんなのコンクールじゃない。ただの『奨学金授与《しょうがくきんじゅよ》の選定会』だ。参加するのか？」

ぼくは返答に困った。

さっきまでの興奮がシューッと音を立ててしぼんでいくようだった。

「うん……参加するよ。小さくたって、ただの選定会だって、ぼくにとっては初めてのコンクールだからね。奨学金《しょうがくきん》も出るし。それに、参加するのは五十人以上いるらしいよ。予選を通過するのが三十人。それで奨学金《しょうがくきん》をもらえるのはたったの八人だって。でも、ピアノやヴァイオリンと競《きそ》うのはきついな」

サンドロはクスッと笑った。

「知ってるよ。去年参加して五百ユーロもらったから。ジャンフランコも二年前に参加して一等だったよ。規定からいくと、前に一等だったヤツもまた参加できるけど、先輩《せんぱい》やみんなに悪いからな」

「……」

「ま、せいぜいがんばれよ」

肩《かた》の上にポン、と手をのせられたけど、その手を払《はら》いのけたかった。

掲示板《けいじばん》には、だれそれがどこそこのコンクールで入賞だのというニュースが貼《は》りだされるけど、ぼくはなるべく見ないようにしてきた。サンドロがいろんなコンクールで入賞したり優勝したりしたことは知っていたが、まさかこの選定会にも出て、しかも一等だったとは知らなかった。

いや、あえて知りたくなかったんだと思う。だれかがサンドロの噂話《うわさばなし》をしているときも、なるべく席をはずしてきた。自分がいつまでもコンクールに参加させてもらえないからかもしれない。

でも、腹が立つのは、べつにサンドロやジャンフランコが一等だったからじゃない。彼《かれ》らは才能もあるし努力もしているから、コンクールで入賞するのはいい。ただ、奨学金《しょうがくきん》をもらったことに腹が立つのだ。裕福《ゆうふく》な家の生徒は参加できないことにすればいいのに！

ムカムカしながら歩いていると、こんどはマルタとすれちがった。

「なに怒《おこ》った顔してんの？」

マルタがぼくの顔をのぞきこんだ。

「いや……べつに……。奨学金《しょうがくきん》の選定会に参加するんだけどさ……マルタは？」

マルタがため息をついた。

「あたしも参加したよ、去年。だれにもいわなかったけどさ」

「え、そうなんだ！」

マルタが参加したことも知らなかった。

「でもフルートはサンドロがいたからねえ」

「そうらしいね。今さっき知ったんだけど」

「あのバカ、去年はまだ三年生の分際で、モルラッキの『スイスの羊飼い』なんか吹《ふ》きやがって。おかげであたしは予選落ち。あいつが一位。奨学金《しょうがくきん》はなんと五百ユーロだったんだよ！　吹奏楽器《すいそう》で入賞したのはあいつだけ。五位は数人いて、奨学金《しょうがくきん》は五十ユーロだけだったらしいけどさ。あたし、五十ユーロでもいいから欲しかったなぁ」

　マルタが予選落ち……。じゃあ、ぼくにチャンスなんかないじゃないか。

奨学金《しょうがくきん》が必要な生徒だけを参加させればいいのに。

「どうせマイナーでたいした名誉《めいよ》にはならないコンクールなのに、サンドロやジャンフランコが参加したなんて、なんかムカつく」

　ふふ、とマルタは笑った。

「あんたもたまには怒《おこ》るんだねえ。いつも物静かな子かと思ってたのにさ。そういう内に秘めた怒《いか》りとかジェラシーとか、もっと音楽にぶつければいいじゃん」

　ぼくはびっくりしてマルタを見つめた。前にサンティーニ先生にも同じようなことをいわれた。内側に持っているパッションを音楽にぶつけろ。とかなんとか。

「今年はユージか。もしかするとリナも参加するかもね」

　ぎょっとした。リナと争いたくない。第一、リナこそ奨学金《しょうがくきん》なんか必要ないだろう。

「まあ、ダメもとで楽しんできなよ」

背中をバスン、と叩《たた》かれて、ぼくはむせそうになった。

その日から、ぼくは毎日早朝ジョギングを始めた。

肺活量を増やさなきゃ。どうせなら、ただ走るだけじゃなくて、ついでにバイトにならないかな、なんてセコイ考えで、ぼくは近所の家に「犬の散歩を代行します。一回五ユーロ」という紙を配ってあるいた。五ユーロは、六百五十円ぐらいだ。

近所の高齢者《こうれいしゃ》ふたりから声がかかった。一回五ユーロは高い、毎日二回の散歩で月三十ユーロにしろと。それでぼくは犬を二匹《ひき》連れて、朝と夜に三十分ずつジョギングをすることにした。時給にするととんでもなく低い額だけど、走るのが第一の目的なんだからかまわない。とにかく走ろう。フルートを吹《ふ》きながら鼻から吸う「循環《じゅんかん》呼吸」なんて、なんどやってもぼくにはできないんだから。選定会まで、あと二か月しかない。

11 アクシデント

予選会場に、幸いリナはいなかった。

そしてぼくは、初めてボーエンのピアノ・ソロを聴《き》いた。

びっくりした。彼《かれ》は四年生のレベルじゃなかった。五、六年生の生徒たちよりうまいと思った。先輩《せんぱい》たちが弾《ひ》いた曲はたしかに難曲だけど、聴《き》いていてなにも感じなかった。いっぽう、ボーエンが弾《ひ》いたのは、わりと短いシンプルな曲だったけど、心が揺《ゆ》さぶられた。ぼくだけじゃない。会場のみんなが、ボーエンの演奏にうっとりとしていた。終わったとき、盛大な拍《はく》手《しゅ》が起きた。まわりの大人たちが「すごいな、あの子は」と、小声で話しているのを聞いて、なんだか誇《ほこ》らしい気分になった。

ボーエンはすごい!

ぼくなんかの伴奏《ばんそう》をやってもらうのが悪いくらいだ。

そして、彼《かれ》の伴奏《ばんそう》のおかげか、ぼくも、予選を無事に通った。いよいよ本選だ。

本選の土曜日の午後三時。

シエナ市の城壁《じょうへき》の外にある、トスカーナ銀行の音楽ホールでリハが行われた。

入口でボーエンを待っていたけど、いつまでたっても来ない。携帯《けいたい》をリュックから取りだすと、メッセージが二十も入っていた。マナーモードにしていたのをすっかり忘れていた。焦《あせ》って見ると、「ごめん、伴奏《ばんそう》できないかも」「ごめん、たいしたことないんだけど今病院」というメッセージがずらりと並んでいた。あわてて電話をしたけど、留守電になっている。

顔から血の気が引いた。サンティーニ先生を見つけて相談すると、すぐに、ボーエンのピアノの先生に聞いてくれ、その先生はあわててボーエンのおかあさんに電話してくれた。

ピアノの先生が深刻な表情で「そうですか。わかりました。残念です。はい。折りかえし電話します」といっているのを聞いて、ぼくは青ざめた。

「先生、ボーエンになにかあったんですか？」

おそるおそる聞くと、先生は困惑《こんわく》した表情をした。

「いや……今こっちに向かっている。だが、伴奏《ばんそう》はできない。腱鞘炎《けんしょうえん》を起こして、今朝から救急病院に行ったらしいが、四時間待ちで今やっと終わったらしい。伴奏者《ばんそうしゃ》はだれかに頼《たの》んであげるから、心配しなくていい。ちょっとここで待っていなさい」

ピアノ科の先生とサンティーニ先生は、あわてて行ってしまった。

結局、ピアノ科の先生の助手が、代わりをやってくれることになった。リハーサルをしてみたら、その人の弾《ひ》き方は大げさで、ボーエンのほうが数倍いい、とつくづく思った。

「ユージ、ぜんぜん感情がこもってなかったぞ！」

と、サンティーニ先生にどなられた直後、ボーエンが会場に来た。右手に包帯を巻いていた。

「ボーエン！」

「ごめん、ユージ。一昨日《おととい》から調子が悪かったんだけど、たいしたことないと思って練習していたら、今朝、痛くてもう指が動かなくて……」

ボーエンは目に涙《なみだ》を浮《う》かべていた。

そして、ピアノソロで入賞確実と噂《うわさ》されていたボーエンは、棄権《きけん》することになった。

「ユージ、ごめん」

ボーエンはなんどもあやまった。

「気にするなよ。ボーエンが棄権《きけん》したことのほうがもったいないよ。それより、早く治るといいね」

「……うん」

本選では膝《ひざ》も震《ふる》えず、ぼくはいつになく冷静だった。冷静すぎるほどだった。おかげでミスはしなかったけど、ボーエンとのときのような高揚感《こうようかん》はなかった。

ボーエンは、ずっとしょんぼりしてすわっていた。なんとなく声をかけにくくて、そっとしておいた。腱鞘炎《けんしょうえん》なんて、きっとすぐに治るだろう。

奨学金《しょうがくきん》受賞者が発表になった。一位は、ショパンの『革命』を弾《ひ》いたピアノ科の生徒だった。すごく派手な演奏だった。大げさなアクロバットのサーカスでも観《み》ているようで、びっくりはしたけど、ぼくの心にはあまり響《ひび》かなかった。ボーエンのピアノのほうが好きだ。

二位はヴァイオリン、三位はピアノ、四位はピアノと同点でヴァイオリン、五位は同点でチェロとクラリネットと、そして……。自分の名前が呼ばれたとき、ピンとこなかった。ユージ・モリなんていう名前がほかにあるわけもなく、ぼくは同点五位に入って奨学金《しょうがくきん》の五十ユーロの小切手をもらった。

あまりうれしくなかった。ぜんぜん感情のこもっていない演奏をしたのは、自分でもわかっていたから。

表彰《ひょうしょう》されて席にもどると、サンティーニ先生は渋《しぶ》い顔をしていた。

「すみません。わかってます」

入賞するかどうかではない、本気で吹《ふ》いたかどうかだ――そう先生がいいたいのはわかっていた。

「おめでとう。でも、ぼくがちゃんと伴奏《ばんそう》できてたら、きっと、もっと上位だったよね」

ボーエンは、残念そうだった。

「そんなことより、早く治るといいね」

「うん。そしたらまたいっしょに演奏しよう」

ぼくはうなずいた。今回はダメだったけど、またいっしょに演奏したい。

次はなにをいっしょに演奏しようか考えた。想像するだけで楽しくなってきた。

音楽院のホールで、ときどきボーエンと話をした。ピアノはしばらく弾《ひ》けないけれど、ソルフェージュの授業以外にもボーエンはちょくちょく音楽院に顔を出した。近くに住んでいるらしい。

やりたい曲の楽譜《がくふ》を見せると、ボーエンは目を輝《かがや》かせて、譜面《ふめん》の上で指を動かした。でも、サポーターをつけた手は、ちょっと痛そうだった。

「あんまり動かさないほうがいいんじゃない？」

というと、ボーエンは首をすくめた。

「あー早く弾《ひ》きたいなあ」

ぼくも早くいっしょに演奏したくて、うずうずしていた。

それからボーエンは、両親の新しいレストラン計画のことを話した。自分たちのレストランを開くための物件探しをしているらしい。日本食がメインの小さなレストランだという。

イタリアには、中国人がやっている「なんちゃって和食」の店が多い。寿司《すし》やラーメン、天ぷら、うどん、焼きそばと、なんでもある。本格日本料理レストランの和田さんは、よくそのことをこぼしている。なにしろ、値段が安いせいか、なんちゃって和食は人気なのだ。

「ぼくが中国人なら、自信をもって中国料理を出すけどな」というと、ボーエンは笑った。

「今は日本食ブームだからね。結局、レストラン経営もビジネスなんだよ、ビジネス」

そんなものなのかな。ぼくにはよくわからない。

「そういえばさ、ボーエンって将来、プロのピアニストになりたいの？」

と、前から聞きたかったことを聞いてみた。するとボーエンは、目を丸くした。

「うん、もちろん。ユージはちがうの？」

ぼくは返答に困ってしまった。

「あ、その、なんていうかさ……プロとしてやっていけるなんて、ほんのひと握《にぎ》りだし……ぼくにはそんな才能ないし……」

ボーエンは、ぼくをじっと見て、首をかしげた。

「プロっていっても、いろいろあるじゃない。演奏家として有名になる人もいるけど、中学校の音楽の先生になる人もいれば、個人レッスンをやったり、ピアノバーで弾《ひ》いたり、結婚《けっこん》式場をまわって弾《ひ》いたり。そういうのだってプロでしょ」

「え……」

おどろいた。そんなことをいう音楽院の生徒は初めてだ。

「ぼくのまわりは、オケに入るか、音楽とはぜんぜんちがう仕事につくか、みたいな両極端《りょうきょくたん》な意見が多いよ。ぼくもそうだけど……。音楽の先生は需要《じゅよう》が少なすぎてなれる確率はほとんどないし、フリーの演奏家だと、たぶん好きじゃない曲ばかり弾《ひ》かされるのに、それでも食べていけないかもしれないし。ボーエンはそんな仕事でもいいの？」

おそるおそる聞くと、ボーエンはこっくりうなずいた。

「まず第一に、ピアニストはオケには入れない」

「あ、そうか」

「第二に、ピアノを弾《ひ》かない毎日なんて、ぼくには考えられない。週末に趣味《しゅみ》で弾《ひ》く、なんてのじゃ物足りないよ。だから、なんでもいい。ピアノでぎりぎり食べていけるなら。そしてだれかが聴《き》いてくれるなら」

「……」

「そりゃ、ぼくだってCDを出したり、スカラ座でピアノコンチェルトを弾《ひ》きたいけどさ。まあ、最悪、そうじゃなくてもいいから、ピアノで食べていきたい」

「……でもさ、ピアノバーとかだと、だれもちゃんと聴《き》いてないでしょ？　ただのバックグラウンドミュージックで、一小節とばしたって、だれも気づかないでしょ？　適当に弾《ひ》いても真《しん》剣《けん》に弾《ひ》いても同じなんじゃないの？」

ピアノバーでバイトをしている七年生の生徒がグチっていたことを、聞いてみた。

「うん。でも、適当に弾《ひ》いたらぼく自身が気づく。それに、たとえまわりが真剣《しんけん》に聴《き》いてくれなくても、リクエストに応《こた》えて弾《ひ》いて、そのお客さんが喜んでくれるんなら、ぼくはうれしいと思う。日本人のフリをして変なお寿司《すし》を作って儲《もう》けて、週末に趣味《しゅみ》で弾《ひ》くよりも、ぼくはピアノバーや結婚式場《けっこんしきじょう》でみんなが聴《き》きたがる曲を弾《ひ》くほうがいい」

後頭部をドカンとなぐられたみたいな気がした。

ぼくはボーエンとちがう。ぜんぜんちがう。

ボーエンは本当にピアノが好きなんだ。

ぼくの場合は、コンクールで勝ちたいとか、有名になりたいとか、そういう欲望が強いのかもしれない。だからサンドロと比較《ひかく》したり、嫉妬《しっと》したりするんじゃないだろうか。

「そうなんだ……」

「だってさ、ユージ。趣味《しゅみ》で弾《ひ》くだけなら、国立音楽院《コンセルヴァトーリオ》になんて来ないよ。学校と両立させるのも大変だしさ。ユージは、なんで来てるの？　しかも、あのきびしくて有名なサンティーニ先生のクラスでしょ？　趣味《しゅみ》にしては、ちょっときつくない？」

ぼくがサンティーニ先生のクラスを受験したときの動機は、もっと純粋《じゅんすい》だった。フィレンツェのコンサートで聴《き》いたようなきれいな音を吹《ふ》きたくて、先生のクラスに入ったんだった。

音に惚《ほ》れて、フルートを始めたんだった。

それが今はどうだろう？

12

競《きそ》っているのは親なのか？

連日青空の広がる五月末。朝晩はまだ寒いが、日中の日差しは早くも初夏を思わせる。

でも、さわやかなのは天気だけで、音楽院にはいやな空気が流れている。発表会や、学校や音楽院の進級試験を控《ひか》えているせいもあるだろうけど、みんなギスギスしている。国際コンクールが多い季節になるからかもしれない。

そのうえ、先週の第一オケ選抜《せんばつ》オーディションのあと、受かった生徒とそうでない生徒のあいだに、まるで階級制度のような区分けができてきた。ぼくが念願の第一オケに入れたのに盛り上がれないのは、そのせいもあるかもしれない。第一オケの顔合わせではしゃいでいた生徒たちは、一歩大ホールを出ると、第一オケに入れなかったその他大勢の手前、急に口を閉じてそそくさと通りぬける。

それでなくてもいろいろ悩《なや》みを抱《かか》えているぼくには、このライバル同士みたいな空気が耐《た》えがたいほど重くなってきている。だれが勝っただの負けただの。生徒同士の行きすぎたライバル意識。そしてもっといやなのは、親同士の競争と嫉妬《しっと》だ。

とくにサンドロとリナの親は犬猿《けんえん》の仲だ。

サンドロの両親は隣町《となりまち》でいくつかのレストランを所有していて、親族の中にはピアニストやサックス奏者など、音楽家がけっこういる。

いっぽうリナの両親は、シエナ市の資産家で、ダンテの『神曲』にも苗字《みょうじ》が出てくるほど由緒《ゆいしょ》ある家柄《いえがら》だ。リナの母親は音楽家になりたかったらしく、娘《むすめ》に自分の夢を託《たく》し、はたから見ていてぞっとするぐらい熱心なステージママだ。

ぼくの場合、親戚《しんせき》一同を見まわしてみても趣味《しゅみ》レベルの音楽家さえいない。それに、夏休みに日本に一時帰国するのだって、お金がなくて三、四年に一度がやっとだ。

そのせいかどうかはわからないけど、リナのおかあさんもサンドロのおかあさんも、顔を合わせればぼくの母と話したがる。おばさんたちにとって、ぼくは息子《むすこ》や娘《むすめ》のライバルではないし、母も資産や音楽の理解度において競争するレベルではないと思っているのだろう。ようするに、ぼくと母は危険度ゼロなのだ。

ふたりの話の内容はたいてい、悪口だ。

「サンドロの演奏は、まるでコンピュータの自動演奏よ。聴衆《ちょうしゅう》になんの感動も与《あた》えないわ」

と、リナのおかあさんがいえば、彼女《かのじょ》のいない隙《すき》にサンドロのおかあさんがいう。

「リナは音楽そのものをやめるしかないわね。感情表現だけが豊かでも、技術がついていってないのよ。第一、音が汚《きたな》いわ。いくら高価なフルートを与《あた》えたって、金で技術や音は買えないってことよ」

母は客商売だから、人の扱《あつか》いに慣れている。いつも微笑《ほほえ》みを浮《う》かべて、どちらの話にも耳を傾《かたむ》け、ええともいいえともいわず、

「わたしは音楽のことはわからないの。でもふたりともすごいと思うわよ」

などと、うまくかわしている。わが母ながら、見事なものだ。

去年の音楽院内ミニコンサートのときもそうだった。さんざん両夫人から悪口を聞かされた母を見かねて、帰り道、ぼくはいった。

「無理に話を聞かなくてもいいと思うよ。あの醜《みにく》いおばさんたち、悪口ばっかりだから」

「こら」と、母はぼくをたしなめた。

「醜《みにく》いなんて、ひどいことというもんじゃありません」

「だって本当じゃん。性格の悪さが顔に出てるよ。ふたりともいい歳《とし》こいて化粧《けしょう》が濃《こ》すぎて、

胸のはだけたセーターとか着ちゃって、香水《こうすい》がきつくて、どうかしてるよ」

「そんな失礼なこというもんじゃありません」

といいつつも、母はクスクス笑った。

そのコンサートの中盤《ちゅうばん》で、サンティーニ先生のクラス全員によるフルート・オーケストラの演奏があった。大先輩《だいせんぱい》たちをさしおいて、サンドロがソリストに抜擢《ばってき》され、見事な演奏をしたあとの休憩《きゅうけい》時間に、廊下《ろうか》の端《はし》でトロメイ夫人が泣いているのをぼくは見てしまった。

リナは楽しそうに吹《ふ》いていたのに、母親の涙《なみだ》を見て、急におろおろしだした。

「ママ、ごめん……あたしがソリストに選ばれなくて……。ママ……」

リナが母親にあやまっているのを聞いて、ぼくはいてもたってもいられなくなった。つかつかと近づくと、リナの手を引っぱった。自分でもどうしてそういう大胆《だいたん》なことをするのかわからなかったが、その場にリナはいてはいけないという気がしたのだ。

「二幕目のトリオの練習しようよ」

「えっ、でも……」

リナは母親のほうをなんども振《ふ》りむきながら、ぼくにむりやり手を引かれ、控室《ひかえしつ》についてきた。そして、「ありがとう」といった。

「え？」

とぼけて聞くと、リナは微笑《ほほえ》んだ。

「助けてくれたんでしょ。ママってすぐ泣くの。少ししたら落ちつくと思うわ」

「次のトリオでは、リナが主旋律《しゅせんりつ》じゃん。それで喜ぶんじゃない？」

となぐさめをいうと、リナはうなずいた。

「あたしだって、ママと同じで、サンドロのフルートは好きじゃないわ。うまいけど、おもしろくない。あれだったら、ユージのフルートのほうがまだまし」

「まだまし」というのは、ほめられているのか、バカにされているのか。

相手の気持ちに鈍感《どんかん》なリナは、話を続けた。

「でも、十人以上もいるオケでは、ああいう正確な演奏をする人がソリストをやるほうがいいっていうのもわかるのよ。みんなが合わせるのはむずかしいから」

「まあね」

控室《ひかえしつ》にサンドロが来た。リナをちらっと見てから、不敵に微笑《ほほえ》んだ。

「トリオのリハする？　こんどはきみが主人公だからね」

「ええ。わかってるわ。始めましょ」

ぼくたちはリハーサルを始めた。

リナの吹《ふ》き方は荒《あら》くて、音もきれいじゃない。でも、感情表現は豊かだ。豊かすぎて、乗ってくるとリズムが狂《くる》う。譜面《ふめん》どおりに吹《ふ》かない気まぐれなお嬢《じょう》さんの演奏に合わせるだけでぼくは必死だが、サンドロはなんの苦もなく合わせた。

やっぱりサンドロはただものじゃない。主人公にも名脇役《めいわきやく》にもなれるサンドロを、ぼくは嫉《しっ》妬《と》と称賛《しょうさん》の混じった想《おも》いで見つめた。

それから、第一オケの選抜《せんばつ》試験で三人目にぼくが選ばれたときのリナのおかあさんの怒《いか》りはすさまじかった。生徒たちのいる前で、サンティーニ先生に激しく抗議《こうぎ》したのだ。ぼくはその言葉をはっきりと覚えている。

「サンドロはつまらない演奏をするけれど、まあ技術だけはあるからわかるわ。でも、なぜユージが選ばれるのかしら？　技術ではサンドロに負けているし、表現力ではリナに負けているでしょう？　マルタはもっと中途半端《ちゅうとはんぱ》よ。可もなく不可もなく、すごくふつうよね。真剣味《しんけんみ》に欠けるわ。どうしてユージとマルタが選ばれてリナが選ばれないのか、説明していただきたいわ！」

すると先生は、リナのおかあさんを教室の外に連れだし、こういったらしい。

「奥《おく》さん。リナさんには豊かな表現力、そして荒削《あらけず》りだが独特の情熱がある。しかしオーケストラでは歩調を合わせるのが大事なんです。ご心配は無用ですよ。第二オケで力をつけて、きっと来年は第一に入れるでしょう。それに、彼女《かのじょ》のような自由な吹《ふ》き方をする子は、オケというよりもソリストに……」

シエナ市の権力者でもあるトロメイ家の夫人をなだめる先生の言葉は、たまたま演奏会を聴《き》きに来て廊下《ろうか》で居眠《いねむ》りをしていたヴァイオリン科のジャンフランコのおばあさんが聞いていて、それをジャンフランコに話し、ジャンフランコがとなりにすわっていたサンドロに話したため、斜《なな》め後ろにいたぼくの耳にも入ってきた。話に尾《お》ひれがついている可能性は高いが。

「笑えるだろ。ソリストってのは、オケの首席奏者以上にうまくなきゃいけないんだ。技術の基礎《きそ》があって、さらに表現力が豊かで、スター性がある。そういう数千人にひとりがソリストになるんだ。もちろんサンティーニ先生は、あのババアをなだめるためにいったんだろうけどさ、それでころっとだまされるって愚《おろ》かだよな」

ジャンフランコが鼻で笑いながらそういうと、サンドロも笑った。

「まったくだな。表現力なんて百年早い。まず技術をみがけ、だろ」

「だよなあ！」

ふたりはゲラゲラ笑った。

このふたりは似ている。人を馬鹿《ばか》にするのが好きな性格が、だ。

演奏に関しては、真逆の部分もある。ふたりとも超絶技巧派《ちょうぜつぎこうは》だが、ジャンフランコは曲の好き嫌《きら》いがありすぎる。彼《かれ》のヴァイオリンは激しくて、表現力が豊かだ。でも、曲によっては正確さに欠ける。嫌《きら》いな曲だとちゃんと弾《ひ》きたがらないというのも、先生ともめることのひとつらしい。

いっぽう、サンドロはどの曲でも完璧《かんぺき》な自動演奏のようにフルートを吹《ふ》く。しかもむずかしい曲ほどうまく吹《ふ》く。逆にシンプルな曲だと、彼《かれ》の演奏は正確なだけで味気ないといわれている。そのせいだろうか、サンドロはいつも超絶技巧《ちょうぜつぎこう》が必要な曲ばかりを選ぶ。

いつだったか、リナが「サンドロは、逆立ちができるアシカみたいなものよ。ただの曲芸。あんなの音楽じゃないわ」といったときは、「ひどいことというなぁ」と反論したものの、内心見事にいいあてているなあと、感心したものだ。

でもそのあと、ジョークのつもりで「じゃ、ぼくは?」と聞いたら、するどいひとことが返ってきて、ぎょっとした。

「ユージはね……チーターかな。足が速くて狩《か》りは得意なはずなのに、いざとなると弱くてハイエナとかライオンに獲物《えもの》を横取りされちゃうの。見かけ倒《だお》し」

気まぐれなお嬢《じょう》さんは案外するどい洞察力《どうさつりょく》を持っているかもしれないと、ぼくはそのとき苦笑いをした。

とにかく、サンティーニ先生から「ソリスト」という言葉を聞かされて、リナのおかあさんは急に機嫌《きげん》をよくしたという。ジャンフランコが、リナのおかあさんの気取った声を真似《まね》していった。

「あら、それもそうね。リナはオケの一員にはもったいないわ。ソリスト。ええ、そうよ、あの子がめざすべきはソリストだわ！」

そのとき、サンティーニ先生はひきつった笑《え》みを浮《う》かべたらしい。本当かどうかはわからないけれど。

厳格なサンティーニ先生も、トロメイ家のご婦人にはあまりきびしくいえないらしい。噂《うわさ》によると、トロメイ家がシエナ市の資産家たちとよく合同で音楽会を開いたり、大きな催《もよお》しのスポンサーとなっているからだという。

年々《ねんねん》予算を減らされている国立音楽院《コンセルヴァトーリオ》では、楽器の購入《こうにゅう》や設備投資など、お金はいくらあっても足りない。トロメイ家などの資産家が高価な楽器を購入《こうにゅう》して音楽院に寄付しているということも、冷たくあしらえない理由だろう。

第一オケのオーディションの結果発表のあと、リナに肩《かた》を叩《たた》かれた。

「ユージ、よかったわね。新学期から第一オケがんばってね」

「うん……ぼくはてっきりサンドロときみが……」

「いいのよ。気にしないで。わたし、こんな二流の音楽院のオケなんて、どうでもいいの。その他大勢のひとりなんて、ごめんだわ。ソリストをめざすのよ」

輝《かがや》くような金色の髪《かみ》を揺《ゆ》らし、革靴《かわぐつ》をコツコツと大理石に叩《たた》きつけながら遠ざかるリナの後ろ姿を見て、ぼくはため息をついた。彼女《かのじょ》の強気がただのフリなのか、本当にそう思っているのか、ぼくにはわからなかった。

入学した頃《ころ》のリナは、もっと無邪気《むじゃき》な甘《あま》えん坊《ぼう》だった。わがままだったけど、愛らしい性格だった。年齢的《ねんれいてき》には三か月しか変わらないけど妹のような存在だったリナが、年々《ねんねん》トロメイ夫人化してきている。残念だけど、ぼくにはどうしようもない。

13 ライバルは

頭の中に灰色の雨雲が広がっているみたいだ。

学校の勉強はどんどんむずかしくなってきた。数学や物理や化学はまだいいけれど、ラテン語はほとんど拷問《ごうもん》だ。学校も音楽院もどっちも中途半端《ちゅうとはんぱ》になってきて、にっちもさっちも行かない。

そしてもっとも問題なのは、ぼくの熱意のなさだ。フルートを始めたときのようなときめきが、どんどん薄《うす》らいできているのだ。自分がなんのために音楽をやっているのか、わからなくなってきた。

六月になって学校の進級試験になんとかパスし、ホッとしたのもつかの間、今度は音楽院の試験週間が控《ひか》えている。夏休みでバカンスに出発する同級生たちを少し恨《うら》めしい気分で見送り、ぼくはうんざりしながら、毎日フルートの練習をしている。

ジャンフランコは、ソルフェージュの修了試験《しゅうりょうしけん》でまた落第した。本当なら、秋からヴァイオリン科の六年生になるはずなのに、三年連続で落第して足踏《あしぶ》みをしている。話によると、ヴァイオリン科の先生の計《はか》らいで、楽器のほうのプログラムはどんどん先に行っているらしいけれど、いかんせん、ソルフェージュの試験にパスしない限りは、書類上は永遠に三年生だ。そういうのってどうなんだろう？　ソルフェージュができなくてもすごい音楽家になる人だって、きっといると思うんだけど。

「くそっ。国立音楽院《コンセルヴァトーリオ》なんてところは、個性をつぶすためにあるところだ」

と、一階のホールでジャンフランコがいった。ぼくとマルタとジャンフランコは、自販機《じはんき》でエスプレッソを買って飲んでいた。ジャンフランコは自販機《じはんき》に二度も足蹴《あしげ》りを入れた。

なるほど、ある意味当たっているかもしれないと思っていると、マルタが意地悪そうな目つきでいった。

「かもね。でもさ、この先もっとむずかしい音楽理論もあるし、音楽史だってあるよ。ソルフェージュ程度の壁《かべ》が乗りこえられないなら、無理なんじゃない？　音楽院なんてやめて、どっかの音楽スクールで個人レッスンだけやれば？」

ジョークだろうと思ったが、ジャンフランコはマルタをにらみつけた。

「……やめるとはいってない」

『個性がつぶされる』んでしょ？　あんたみたいな個性しかないヤツは、どうすんの？」

「オレはヴァイオリンの先生は好きなんだ。だからやめたくない」

「ふうん。いいとこどりしたいんだ。甘《あま》いんじゃない？　それにさ、そのくらいでつぶれる個性は、たいした個性じゃないってことなんだよ」

話がどんどん重くなってきた。

「ちっ、音楽にまじめに取り組んでいないおまえなんかに、いわれたくないね！　オレはただヴァイオリンをやりたいだけなんだ！」

このふたりは、どうも相性《あいしょう》が悪い。親し気に話しているかと思うと、必ずいがみ合いになる。

「まあまあ」と、ぼくはあいだに入った。

「敵はマルタじゃなくて、ソルフェージュだろ？」

ジャンフランコはしぶしぶうなずいた。

ぼくは、声を落としてジャンフランコにいった。

「ソルフェージュにはコツがあるんだ。追試は必ずパスするように手伝おうか？」

ジャンフランコは、ぼくをじっと見たあと、なにもいわずに赤みがかった金髪《きんぱつ》をぐしゃっとかきあげて、その場を去っていった。

「やさしいねえ、ユージは。でも、あんたがジャンフリを手伝う必要なんてないよ。その気になりゃいくらでも家庭教師を雇《やと》える身分なんだからさ。それにべつに音楽院を卒業しなくったって、ヴァイオリニストにはなれるでしょ。ホンモノの天才ならさ！」

と、マルタはぼくの肩《かた》に手を置いていった。

「うん。でも、もったいないなと思って。あれだけの演奏をするのに……」

去年の学年末発表会で、ジャンフランコの演奏を聴《き》いておどろいた。彼《かれ》には本当に才能がある。表現力と技術が融合《ゆうごう》していて、激しくて、熱くて、びっくりした。

そんな彼《かれ》が、ソルフェージュとなるとどうして本気になれないんだろう？

たしかにこういうシステムもおかしいと思う。あれだけ才能のあるヴァイオリニストが、ソルフェージュで三年も足踏《あしぶ》みをしなければならないなんて。

音楽院は、いったいなんのためにあるのだろう？　音楽理論の勉強と演奏テクニックの修練ばかりだ。「個性をつぶすところ」というのは、的外れじゃないかもしれない。

そしてぼくは、ジャンフランコのソルフェージュどころじゃなく、もっと大きな問題を抱《かか》えている。音楽院がどんどん苦痛になってきているのだ。音楽を楽しむはずだったのに、いつのまにか苦行のように感じはじめている。やることといえば、毎日テクニックをみがくことだけだ。ちっとも楽しくない。息つぎ《ブレス》、ビブラート、タンギング、ダブルタンギング、トリプルタンギング、ロングトーン、美しい高音や低音、運指……。テクニックが必要なのはわかっているけれど、今やテクニックをみがくのが目的のようにさえなっている。

もっとショックだったのは、デュオのパートナーを失ったことだ。ボーエンは、ただの伴奏《ばんそう》者《しゃ》じゃなくて、音楽の友だった。いっしょに演奏するのは、楽しかった。ずっとデュオでやっていけると思っていた。

でも、彼《かれ》は痛めた指のリハビリに時間がかかって、なかなか復活しなかった。やっと復活してふたりでまたデュオを始めたのもつかの間、両親がミラノにお店を開くことになって、突然《とつぜん》引っ越《こ》してしまったのだ。その後ボーエンはミラノの名門音楽院の編入試験に受かった。三十人中ひとりしか受からなかったらしい。さすがにボーエンだ。

この音楽院は小さいし、フルートとヴァイオリン以外の先生はあまり有名ではないから、ボーエンのためにはよかったんだってことは、わかっている。クラシック音楽の世界で、将来国際コンクールで優勝したり、オケに入ったり、プロとしてやっていくためには、まず有名な先生につくことがもっとも大事なことらしいのだ。

ぼくはもっとボーエンとデュオをやりたかったし、それはボーエンも同じ気持ちだった。ミラノまでは車で四時間近くかかる。バスだと、あちこちに停《と》まるから、五時間以上。無理に決まっている。

「なんとかいっしょにデュオを続ける方法はないかな？」

電話のたびに、ぼくとボーエンは話しあった。

「ぼくが先にピアノを弾《ひ》いて録音して、それを聴《き》きながらユージが吹《ふ》いたら？」

「そりゃぼくは、そういうカラオケ方式でも助かるけど、それだと『デュオ』じゃないよね」

「そりゃそうだね。それだと楽しくない」

「あとは……ネット電話でヴァーチャルデュオ演奏とか？」

「それ、いいね！」

と、ふたりとも喜んでなんどかやってみたけれど、ちっとも楽しくなかった。

やっぱり生演奏の楽しさはない。同じ空間、空気を共有しながら演奏するあのライブ感は、単にネット上で同時にやるのとは比較《ひかく》にならない。

そのうちに、たがいにだんだん忙《いそが》しくなって、たまにメッセージを送りあうだけになってしまった。

14

限界を知る

来週の進級試験にパスすることで頭がいっぱいのぼくは、レッスンで練習曲をこなし、課題曲だったゴーベールの『ファンタジー』の速いパッセージやトリプルタンギングを完璧《かんぺき》にクリアしたつもりで吹《ふ》きおわると、サンティーニ先生にいわれた。

「悪くはないが、感動もしない。そのフルートでは、限界もあるだろう。だが、それよりも、きみは……」

先生は眉間《みけん》にしわを寄せて、ぼくをじっと見た。鷹《たか》のようにするどい目つきだ。

「だれのために音楽をやりたいんだ？」

そんなことを聞かれると思っていなかったから、どぎまぎした。

「え、だれって……」

「来週の進級試験にパスするためか？　親のためか？」

「いえ……あの、たぶん、音楽が好きだから……だと思います」

「そうか。しかし、今のきみは、義務で吹《ふ》いているみたいだな」

ドキッとした。

「ただ、ちょっと」と、ぼくは口ごもりながらいった。

「なんというか、テクニックばかりをみがくのが……もっと、自由に……」

ちらっとサンティーニ先生を見ると、あきれた目つきをしていた。

「なんのためにテクニックをみがくのか？」

「それは……」

「しっかりしたテクニックがないと、音楽を表現できないからだ」

「はい」

わかってる。そんなことはわかっているんだ。

「でも、ぼくはプロになりたいのか、なれる可能性が少しでもあるのかどうかもわからなくて……その……」

本心を吐《は》き出すと、サンティーニ先生は小さくうなずいた。

「クラシック音楽の道はきびしい。途中《とちゅう》で脱落《だつらく》する人は多い。音楽家としてプロになって食べていけるのは稀《まれ》だ。でも、今やっていることは、たとえプロの道に行かなくても、きみの人生で必ず役に立つだろう」

どういう意味だ？

「それは、がまん強くなるということでしょうか？」

「自分の限界を知る。そして、それを超《こ》える。そのくりかえしだからだ」

サンティーニ先生の言葉は、耳の奥《おく》にじんじん響《ひび》いた。

自分の限界を知る。そして、それを超《こ》える。

今のぼくは、自分の限界を知って、逃《に》げ腰《ごし》になっているのかもしれない。


レッスンのあと、マルタに呼びとめられた。しばらくしゃべったあと、マルタはぼくのフルートケースをちらっと見た。

「ユージ。そろそろフルートを買いかえたほうがいいっていわれるよ」

ぼくは重い気分でうなずいた。

「さっき、ちらっとそれっぽいことをいわれたよ」

五年生になる前に、フルートを本格的なものに買いかえるのがふつうだ。

それは知っていたけど、なにしろ「本格的なもの」というのはふつう総銀製で、七千ユーロ（約九十万円）くらいはする。今のフルートは学割で三百ユーロちょっと（四万円強）だったが、それでも母に悪いなと思った。

その二十倍以上もするフルートを買って欲しいなんて、いえるわけがない。音楽好きの母のことだから、頼《たの》めばきっと借金でもするにちがいない。そんなことをしてもらうのは負担だし、高価なフルートを買ってもらう価値が自分にあるとは思えないし。

「うーん……どうしても買いかえなきゃいけないのかな……」

自分が手にしているフルートケースを、見つめた。

「これで十分じゃないかなぁ」

第一、ぼくが大好きなフルーティストのマルセル・モイーズは、安いフルートを吹《ふ》いていたという伝説まである。CDの録音はどれも古く、雑音とともに味のあるモイーズの演奏が聴《き》こえてくるため、そんな噂《うわさ》が流れたのかもしれないけど。

でもマルタは「いいや」と、きっぱりいった。

「そのフルートじゃこの先、たぶんきついよ。むずかしい曲になっていくと、どんどん楽器の差が出てくる。あたしもそれと同じの持ってたんだけどさ、やっぱり高音と低音がぜんぜんちがうんだよ。悩《なや》んだけど、結局おばあちゃんが無理して買ってくれたんだ。中古だけどさ、日本のM社の総銀製。先生も先輩《せんぱい》もみんなM社が一番いいっていうからさ」

「たしかにマルタの音、前より深みが出たよね」

「でしょ？　特に高音と低音の響《ひび》きがぜんぜんちがう。あ、そうだ。あんたの場合、たまには日本に行くんだろ？　日本で買えばすごくお得なんじゃない？」

ぼくは苦笑する。よくみんなにそれをいわれるのだ。

「それがさ、為替《かわせ》レートにもよるけど、それほど変わらないんだよ。それに、毎年日本に行けるわけじゃないんだ。まあ、どっちにしても総銀製は高すぎるよ」

マルタはこっくりとうなずくと、いつものようにぼくの肩《かた》にポンと手をのせた。

「わかる。あたしもあきらめてたんだけど、買ってもらっちゃったから、今さらフルートをやめるわけにもいかなくなっちゃった。せめて卒業証書くらいはゲットしないとね。でもさ、あんたも、買いかえなければ、続けるのはむずかしいかもって先生にいわれると思うよ。そしたらどうすんの？」

「……」

音楽院の学費は、町の音楽教室の個人レッスンに行くよりずっと安い。母いわく「充実《じゅうじつ》した内容を考えれば、ほとんどタダ同然」だという。それは公立だからなのだ。だからぼくでも続けられると思っていたのに。楽器代がそれほどかかるとは、想定外だった。

お金がないと音楽もやれないのか。そんなの不公平じゃないか。金の切れ目が縁《えん》の切れ目とはよくいったものだ。人との関係だけじゃなくて、音楽との縁《えん》も切れるんだな。

胃がきゅっと痛くなった。

結局ぼくは、あきらめたくないらしい。趣味《しゅみ》で音楽をやるほどの余裕《よゆう》なんてないんだよ。どこのなに様だと思ってんだよ、おまえ。

体つきや生まれ育った環境《かんきょう》が左右するのはしかたがない。音楽だって、肉体的、経済的限界というのがある。たぶん、それも含《ふく》めて才能だか、運命だかなんだろう。

とにかく、楽器のせいでプロをめざせないってことを、母に知られたくない。お金なら私がなんとかするって、はりきっちゃうにちがいない。

……いや、プロになれないのは、楽器のせいじゃない。自分に才能がないからだ。ぼくはそれほどフルートが好きじゃないんだ。サンドロみたいに毎日三時間も吹《ふ》いているわけじゃない。なのに金のせいにするなんて、卑怯《ひきょう》だぞ。

自分で自分にツッコミを入れながら、ぼくは自分のフルートをぎゅっと握《にぎ》りしめた。

いったいどうすればいいんだろう？

音楽院の帰り、もやもやとした気分で歩いていたら、心地《ここち》よいサウンドが聴《き》こえてきた。

ふらふらと音のするほうに行くと、ジャズ・ミュージシャンが広場で生演奏をしていた。コントラバス、サックス、フルートのトリオだ。この町は小さいけれど音楽都市で、国立音楽院《コンセルヴァトーリオ》、夏のマスターコースで世界的に有名な音楽院、そしてジャズ音大と三つもある。真夏には、ジャズフェスティバルも盛んだ。そのトリオは、聞き覚えのある曲をやっていた。

ああ、知ってる、このメロディ。思わず口ずさんだ。

三人は楽しそうに演奏している。それぞれのソロパートになると、アドリブでメロディがどんどん変化していく。それはクラシックのアドリブやカデンツァ（曲の終わりの部分で演奏されるアドリブふうのソロ）とちがって、もっともっと自由に聴《き》こえる。フルーティストは、たぶん技術的には特別上手というわけではなさそうだったけど、ノリノリで吹《ふ》いている。

ああ、なんて楽しそうなんだろう。それに比べて、ぼくたちクラシック分野ときたら、どうしてテクニックばかりが重要視されるんだろう。

そりゃ、テクニックがないと吹《ふ》けない曲がたくさんあるのは知っている。でも、今こうやって、目の前で自由にやっている人たちを見ると、自分がテクニックにとらわれたつまらない人間に思えてくる。

もしかして、クラシックじゃなくて、ほかのジャンルで吹《ふ》いてみるっていうのもありかもしれない。

ジャズとか？　ロックとか？　ジャンルを超《こ》えた感じとか？

そんなことを考えながらしばらくトリオのジャズを聴《き》いて、ちょっとうれしい気分になって帰りのバスに乗った。

15
チャンス到来《とうらい》

秋からは音楽院の五年生になり、第一オケのメンバーにもなる。もともとオケに入るためにこの音楽院に入ったはずなのに、ちっともワクワクしていない。音楽院の進級試験には無事パスしたものの、日に日に上がっていく気温に反比例して、音楽への情熱はどんどん下がってきた。

全員の進級試験が終わった日、サンティーニ先生は生徒を集めた。各自が夏休みに吹《ふ》く練習曲や仕上げる曲のリストが渡《わた》された。コンクールに参加する人は先生の特別指導があるから、そのためのスケジュールの確認《かくにん》。

そして夏休みの合宿の話。

「できれば、全員どこかの合宿に行くべきだ。前にも話したとおり、ぼくは七月末にルッカ山間部でフルート合同マスタークラスをやる。五泊《はく》六日の合宿でコース費は三百六十ユーロ。宿《しゅく》泊費《はくひ》は修道院の部屋を借りるから格安だが、未成年は親と同行か、親の承諾書《しょうだくしょ》が必要だ。まだ数席あるから、参加したい人はサイトから申し込《こ》んでくれ。しかし、なにもぼくの合宿に来なくてはいけないということはない。だれかちがうフルーティストの指導を受けるのもいい。早めに申し込《こ》まないと、受付が始まって数時間で締《し》め切るような人気のフルーティストもいるから、気をつけるように」

みんながいっせいにうなずいた。

サンドロは、世界的に有名なイギリス人フルーティストのマスタークラスに参加する。申し込《こ》みは殺到《さっとう》し、ものすごい倍率だったのに、オーディションで通ったらしい。リナは、ローマのサンタ・チェチリア音楽院の首席奏者で、テレビでもよく見る有名なフルーティストのマスタークラスに入った。

ぼくはまだどこにも申し込《こ》んでいない。そういう合宿があること自体、母に相談してもいない。今年の夏も日本行きはなさそうだけど、まだ夏休みになにをするか決めていない。父には何年も前に東京で会ったきりだが、とくに会いたくもなかった。東京に行きたい気分は山々《やまやま》だったけど、帰ってきたときの喪失感《そうしつかん》が大きいから、行かないほうがかえっていいのかもしれないとさえ思っていた。

去年はレストランのオーナーの和田さんが海に持っている小さなアパートを貸してもらった

けど、毎年世話になるわけにもいかないだろうと、この前母と話しあったばかりだ。かといって、合宿に参加したいなんて、とてもじゃないけどいえなかった。母のことだから、聞けば絶対にノーとはいわないだろう。だから余計いいづらい。


ミーティングが解散になって、ぼくが廊下《ろうか》を歩いていると、マルタが話しかけてきた。

「ユージ、どっかのマスタークラスに参加すんの？」

ぼくは黙《だま》ったまま、首を左右に振《ふ》った。

「だろうと思った。いいニュースがあるんだ。フィレンツェでたった二日のマスターコースがあるの、知ってる？」

「うん。でも、見つけたときにはすでに定員に達していたよ」

「そうそう。八人が定員だから、ほんの数時間で締《し》め切りになったらしいよ。あたしも申し込《こ》もうとしたけど、アウトだったんだよ。なにしろ、スカラ座の首席奏者、マウロ・ビーニのマスタークラスだもん。しかも市のバックアップで破格の二百ユーロなんだから、あたりまえだけどさ！　でね……」

マルタはきょろきょろして、まるで内緒話《ないしょばなし》でもするかのように声を落とした。

「なんと、そのコースに申し込《こ》んでたフィレンツェの音楽院の親友がキャンセルするかもって教えてくれたんだ。彼女《かのじょ》、となりに住んでるんだけどさ、事情があって、参加できなくなるんだってさ」

思わず立ち止まった。

「あたしは結局サンティーニ先生のコースに申し込《こ》んじゃって、日程がかぶるからダメなんだけどさ。あんた、興味ある？　フィレンツェなら近いから通えるじゃん。あたし、彼女《かのじょ》にまだだれにもいわないでくれってお願いしてるんだけどさ。早く返事しないと……」

「オーディションは？」

マルタがニタッと笑った。

「なし。早い者勝ちなんだって。行く？」

「行くよ！」

「そういうだろうと思って、じつはもうあんたのこと話しちゃったんだ。じゃあ、確定ってメッセージ送るからね。あ、おかあさんに聞かなくていいの？」

「あ、そっか。ちょっと待って」

あわてて家にいる母にメッセージを送ると、すぐに返事が来た。

〈ラッキー！　今すぐ申し込《こ》め！〉

マルタは親友に連絡《れんらく》を取ってくれた。電話を代わってもらって礼をいうと、彼女《かのじょ》はなんとドイツの小さなオケのオーディションに受かって、来月からプロの団員になることが決まり、合宿に行けなくなったのだと説明してくれた。支払《しはら》い済みの参加費二百ユーロはマルタに渡《わた》しておいてくれといわれた。

「わかりました。ありがとうございます！」

礼をいいながらつい、ペコペコ頭を下げると、マルタが横でゲラゲラ笑った。

「マルタの親友って……すごいな、十五歳《さい》でプロ？」

と聞くと、マルタはまたゲラゲラ笑った。

「まさか。親友だけど同い年じゃないよ。五歳《さい》上。もうすぐ二十一歳《さい》のはず。大柄《おおがら》な美人なんだけど、これまたフルートがめっちゃうまくてさぁ。あたしは彼女《かのじょ》の影響《えいきょう》でフルートを始めたんだから！」

なるほど。それにしても二十一歳《さい》でオケの正式な団員になるとはすごい。いったいどれだけ練習してきたんだろう。

「やっぱり彼女《かのじょ》も、ずっと毎日三時間とか練習してきたんだろうね？」

おそるおそる聞くと、マルタはうなずいた。

「うん、でも後期中等教育校《リチェオ》時代は二時間が限界だったっていってた。頭のいい人でさ。学校も音楽院も満点で卒業して、親は大学の医学部にでも行ってほしかったらしいけどね。いろいろ悩《なや》んだあげく、プロになるって決めて、音楽院出てから一年間ずーっと、ヨーロッパ中のあっちこっちのオーディション受けまくってた。もうムリかもってときに、やっとこないだ決まったんだよ。でも、小さいオケだから、お給料も安いし生活は大変だろうなって、グチッてたよ。すっごい笑顔《えがお》でさ！」

マルタが笑っていると、スマホにメッセージが来た。無事に参加者名義変更《へんこう》が終了《しゅうりょう》した、と。

「やった！　参加決定だ！　ありがとう、マルタ！」

ぼくは思わずマルタをぎゅーっとハグした。

「いいんだよ。ユージはあたしのかわいい弟分だから！　フルート科の下層階級同士、助けあわなきゃね。じゃね、いい夏休みを！」

マルタはそういうと、大股《おおまた》でがっしがっしと歩いていった。

ぼくはその後ろ姿にしばらく見とれていた。

16

スカラ座首席奏者の迫力《はくりょく》

ついにその日がやってきた。ぼくは朝五時半に起きて、まだ寝《ね》ている母を起こさないようにそーっとキッチンに行った。

日本製の炊飯器《すいはんき》で炊《た》いたご飯を確認《かくにん》すると、つやつやに仕上がっていた。鰹節《かつおぶし》にしょうゆを垂らして、大きめのおにぎりを三つ作った。ふたつはランチ用。もうひとつは、夜、帰りのバスで食べるやつ。たぶん遅《おそ》くなるから。

朝食を済ませ、ミネラルウオーターの空のボトルに水道水を詰《つ》め、楽譜《がくふ》とフルート、折りたたみ式の譜面台《ふめんだい》、板チョコを大きなリュックに入れ、バスを乗り継《つ》いでフィレンツェの中心地から少しはずれた音楽ホールに向かう。

気合を入れ過ぎて、八時には着いてしまった。当然一番乗りだと思っていたのに、ほかの生徒たちはみんなもう中にいた。どう見ても音楽院の上級生ばかりだ。秋から五年生になるぼくは、まちがいなく最年少だ。みんながちらっと振《ふ》りむいたけど、すぐに視線をもどした。マエストロ（師匠《ししょう》）・ビーニも、すでに来ていた。

スカラ座のオーケストラのビデオでなんども見たフルート首席奏者が、ほんの数メートル先にいるのが、ぼくには信じられなかった。

本当にこの人に教えてもらえるのだろうか？　どれだけきびしい人なんだろう。サンティーニ先生以上にきびしいのだろうか。

そんなことを考えながらちょっとびびっていると、マエストロが振《ふ》りむいた。白いポロシャツにチノパン。お腹《なか》がぽっこり出ていて、目がまん丸で、狸《たぬき》みたいだ。

マエストロが「チャオ！」と気さくに声をかけてくれた。

「きみがユージか！　ルイジ・サンティーニの愛弟子《まなでし》の吹《ふ》きっぷりを、楽しみにしているんだよ。きみのクラスには、サンドロ・デッラ・コルテがいるだろ？」

びっくりした。マウロ・ビーニがサンドロのことを知っているなんて。

「は、はい」

そのとき、七人がいっせいにぼくを見た。みんなもサンドロのことは知っているらしい。本当に有名人だな、あいつ。

「同じクラスの同学年です。といっても、ぼくは二段階ぐらいレベル低いですけど」

最初に断っておいた。サンドロのレベルを期待されちゃ困るから。

「はっはっは」と、マエストロが豪快《ごうかい》に笑った。

「オレは毎年いくつかのフルートコンクールの審査員《しんさいん》をしているから、なんどかサンドロの演奏を聴《き》いたよ。彼《かれ》の技術レベルは、年齢《ねんれい》を考えればおそろしく高いね」

ああ、またここでもサンドロと比較《ひかく》されちゃうのか。レッスンが始まる前から落ちこみそうだ。

マエストロは、ぼくの肩《かた》に大きな手をドスン、とのせた。

「きみの好きなフルーティストはだれだ？」

「えーっと、モイーズです」

現存する音質の悪い録音でさえ、ぼくの心にぐっとくるマルセル・モイーズの演奏。

「ほう。渋《しぶ》いね。じゃ、モイーズとランパルなら、どっちのほうが上手だと思うかい？」

「えっ」

そんな比較《ひかく》、したことがない。モイーズは、伝説のフルーティストだ。ジャン・ピエール・ランパルは、フルートでもっとも権威《けんい》あるコンクールが「ランパル国際コンクール」というぐらい有名なフルーティストだ。

「そ、それは……どっちがうまいっていうのはわからないけど、ぼくはモイーズのほうが好きですが、曲によってはランパルのほうが好きだし……ええと、比較《ひかく》ができないというか……」

ぼそぼそと返事をすると、マエストロは大きくうなずいた。

「そういうことだ。焦《あせ》るな。きみはきみのフルートの道をみつければいい。だろ、みんな？」

マエストロが振《ふ》りむくと、七人がうなずいて笑った。

先生にうながされて、それぞれが簡単な自己紹介《しょうかい》をした。自分の名前と、音楽院の名前と、何年生か。どうやら、ぼくのためだけにやってくれているようだ。みんなは去年も一昨年も、このマスタークラスに来ていて、たがいにもう顔見知りのようだった。

秋から五年生だといって頭を下げると、みんなに「若い！」といわれた。

「その年齢《ねんれい》でもうマエストロ・ビーニのマスタークラスなんて、うらやましい」

たしかに、ちょっと場違《ばちが》いだったかもしれない……。

「よし、じゃ集まって」

八時半きっかりだ。時間に正確なのは、イタリアでも北部の人だからなのかな、なんて感心しながら、フルートをかまえた。

まず最初は音階《スケール》の練習だろうと思っていたら、ひとつの音を長く吹《ふ》くロングトーンの練習から始まった。ロングトーンのあとは、音階《スケール》。九時からはおのおのが持ってきた曲を吹《ふ》き、マエストロが指導する。個人レッスンはひとり四十五分。

自分のレッスンが終わった生徒は、別室で翌日のレッスンと発表会のための練習に励《はげ》む。プロの伴奏《ばんそう》ピアニストが伴奏《ばんそう》をしてくれるというから、楽しみだ。

そして夕方四時から七時はフルート・アンサンブルの練習。たったの二日でいきなりフルート・アンサンブルを仕上げて、音楽ホールで発表会だなんて！

ぼくみたいな、ど素人《しろうと》がそんな離《はな》れ業《わざ》をできるのか？

みんなの演奏を聴《き》いて、青ざめた。全員がサンドロと同じか、それ以上のレベルだ。もっとも、名門音楽院の七年生や大学院の生徒たちだから、当然かもしれない。ぼく以外の平均年齢《ねんれい》は二十歳《はたち》ぐらいだろう。

苗字《みょうじ》のアルファベット順で、十二時から、ぼくの番になった。

おそるおそる、楽譜《がくふ》を譜面台《ふめんだい》にのせる。夏休み前にサンティーニ先生から渡《わた》されたチュルーの『グラン・ソロ』だ。この一か月半、毎日三時間以上練習してきたから、それなりに仕上がっていると思う。でも、初めて有名なフルーティストを前にして、ぼくは異常に緊張《きんちょう》していた。

「あれれ、緊張《きんちょう》してるのか？」

と、マエストロがぼくをからかうようにいった。

「は、はい」

「オレ相手に緊張《きんちょう》しても意味ないぞ。どうしても緊張《きんちょう》したいなら、明日の本番にしてくれ。本番の緊張《きんちょう》は必要だからな。ま、適度なやつなら、だけどね！」

お茶目なマエストロに、ぼくは思わず笑う。

「そう、その調子。じゃ、聴《き》こうじゃないか」

深く息を吸ってから吹《ふ》きはじめる。マエストロは黙《だま》って体を揺《ゆ》らしながら聴《き》いている。

吹《ふ》きおわったとたん、「よし、じゃ」と、マエストロがいって、楽譜《がくふ》を閉じてしまった。

「ずいぶん吹《ふ》きこんできたな。きみはこの曲をなかなかよく表現している。ただ、欠点がある。それには……もう見なくても吹《ふ》けるだろ？」

「あ、はい、たぶん」

「暗譜《あんぷ》をしたほうがいいのは知ってるだろう？　見ると、どうしても音符《おんぷ》を目で追うからだ。それぞれの音の意味だけじゃない。曲として、音楽としてとらえるんだ。ところできみは、だれに向かって吹《ふ》いてる？」

「は？　えーっと、先生に……」

「ちがうちがう。ここは舞台《ぶたい》だ。一番後ろの客には聴《き》かせないつもりかよ？」

ドキッとした。

「せまいトイレの中で自分のために吹《ふ》くのか？　ちがうだろ？　あした、お客さんが、あそこの一番後ろの席までぎっしり入るんだ。なにしろ無料のコンサートだからな、立ち見だっているかもしれないぞ。そういう人たちみんなに届けなきゃ」

「はい」

「そのためには、もっとのどを開いて。そして、遠くに音を飛ばすことを意識しながら吹《ふ》くんだ。とくにここは、こんなふうに」

マエストロは楽譜《がくふ》を見もしないで、客席を見ながらさらっと吹《ふ》きはじめる。

うわっ。出だしからもうぜんぜんちがう！

音の響《ひび》き方がすごい。なんというボリュームだろう。なんという抑揚《よくよう》だろう。音がつやつやだ。その迫力《はくりょく》に、よろめきそうだ。

マエストロは途中《とちゅう》でやめて、にんまり笑った。

「圧倒《あっとう》されたか？　同じ音を出せとはいわん。まあ、オレはプロなんだからあたりまえだし、この腹という名アンプがあるし、年季もちがう。が、いわんとすることはわかっただろ？」

ぼくはうなずいた。

「それと、フルートも格段にちがうしなぁ」

マエストロは、ぼくのフルートを見ながらいった。

「あの、テクニックがないのはもちろんなんですけど、このフルートじゃ、もうだめなんでしょうか？」

不安に思っていたことをストレートに聞いてみた。

「ま、楽器の質も重要だけど、それだけじゃないからな。ただ、それはちょっと……見せてみて」

マエストロは、ぼくのフルートを受けとると、「吹《ふ》いてみてもいいよな？」と聞いた。

「あ、ちゃんと消毒します」とあわてていったら、先生は「いらないよ。きみはへんな病気もってないだろ？」と笑って、おもむろに吹《ふ》いた。

ぼくとはぜんぜん音がちがうけど、さっきの先生のゴールドのフルートに比べると、雲泥《うんでい》の差だ。

「うーん……」

マエストロが吹《ふ》くのをやめて、フルートのキーをあれこれ押《お》さえながら、うなった。

「やっぱり、買いかえなきゃいけないんでしょうか?」

おそるおそる聞くと、先生は首をかしげた。

「このフルートは悪くないし、故障もなさそうだ。しかし、決定的に高音と低音がイケてないなぁ」

ああ、やっぱりそうか。ぼくがあんまりがっかりした表情をしていたからだろう。マエストロはぼくにフルートを返してくれながら、

「おいおい、そんなに落ちこむなよ」

といってくれた。

「なにも、今すぐ買いかえなくてもいいさ。ただ、きみは秋から五年生だろう? 五年生のレパートリーだと、ちょっときついかもなぁ。オレも若いころ、買いかえるのに困ったさ。あっちこっちでバイトして、それでも金が足りなくて、親に頼《たの》みこんで、必ず返すって約束してさ。で、プロになってからちゃんと返したんだけど」

「けど……?」

「うちの親はちゃっかりしててな、利子の分まで請求《せいきゅう》しやがった。はっはっは!」

ぼくも思わず笑ってしまった。

「ユージ、今はこのフルートで最大限の効果を出すことを考えろ。きみには、曲を自分の内側に取りこみ解釈《かいしゃく》する音楽性がある。ただ、表現するときに、どこかおっかなびっくりなんだな。ミスをするんじゃないか、息つぎ《ブレス》は一小節先だからそれまでがまんだ、あとちょっとだ、みたいな感じでさ」

図星だ。自分の顔が赤くなっていくのがわかる。

「心配するな。たぶんきみはもうこの曲ではミスはしないだろう。このマスタークラスはコンクールじゃない。びくびくしながら吹《ふ》くな。どうしても息が続かないなら、ひっそりとどこかで息つぎ《ブレス》しろ。たとえば、ここだ」

マエストロは息つぎ《ブレス》をしてもいい箇所《かしょ》を吹《ふ》いてくれた。マエストロの頭の中には、いったい何十曲の楽譜《がくふ》が記憶《きおく》されているんだろう。ぼくはあわてて楽譜《がくふ》を広げ、記号を書きこむ。

「そのかわり息をケチるなよ。ケチるからボリュームが出ないんだ。さあ、もう一回！　楽譜《がくふ》は閉じろ！」

マエストロはスタスタと歩いて、会場の一番後ろに立った。

ぼくが吹《ふ》きはじめたとたん、先生はどなった。「吹《ふ》け！」「もっと！」「腹から！」「オレの言葉でいちいち停《と》まるな、続けろ！」「吹《ふ》け！」「届かないぞ！」

ぼくは精いっぱいのどを開放し、会場の奥《おく》にいる先生に音を届けようと必死になる。

「よし、今の調子！」「吹《ふ》け！」「もっと吹《ふ》けーっ！」

先生は飛んだり跳《は》ねたり、両手をぶるんぶるん振《ふ》りまわしたりして、すごい運動量だ。見ているほうが苦しくなってくる。

吹《ふ》きおわり、ぼくは長距離《ちょうきょり》を泳いだあとのように、ヘトヘトになっていた。一年分の息を使い果たした感じだ。

マエストロがつかつかと歩いてきて、親指を立てた。

「最後のほうはよかったぞ。音が会場の奥《おく》まで伸《の》びてきていた。あの調子でいけ。それとな、『楽しい』って漢字は、もともと音楽って意味なんだろ？　なんかそういうようなことを、知り合いの日本人に聞いたことがある。とにかく、音楽ってのは、楽しむもんだ」

「は、はい」

「音を楽しめ。そして客も楽しませろ。まあ、飯でも食って、休め。午後は午後できついからな」

「はい！」

ぼくは会場の奥《おく》の席にすわって、しばらくぼーっとしていた。息は切れていたけれど、体中にエネルギーがみなぎっている。

音を楽しめ。そして客も楽しませろ。

そうだ。それが音楽だ。

テクニックは必要だ。音が客席に届かないなんて話にならない。表現するためにはテクニックが必要なんだ。そしてテクニックを習得した者こそ、そのガチガチの殻《から》を突《つ》きやぶり、曲を自分なりに解釈《かいしゃく》して表現することができるんだ。

フルートを拭《ふ》いていると、次の順番の女の人がライネッケの『フルートソナタ一六七番』を吹《ふ》きはじめた。ローマ・サンタ・チェチリア音楽院の七年生で、十八歳《さい》といっていたけど、テクニックも、表現力も、とても成熟している。たしかなテクニックに支えられた表現力。ぼくのようにぎりぎりのところで吹《ふ》いているんじゃなくて、息にも指使いにも余裕《よゆう》がある。こんなすごい演奏でも、まだ直すところがあるんだろうか。

もう一度吹《ふ》けと指示されて吹《ふ》きはじめた彼女《かのじょ》に、マエストロは全身でジェスチャーをまじえながら、大声で指導しはじめた。あわてるな。ドバーッと息を吹《ふ》きこむな。そこは愛《いと》しい人に優《やさ》しく息を吹《ふ》きかけるようにして、次第《しだい》にボリュームを上げろ。ていねいに！　そこはもっと抑《おさ》えろ。クライマックス！

彼女《かのじょ》は、マエストロにいわれたとおりに最初から吹《ふ》きなおした。直される前も完璧《かんぺき》だったと思っていたのに、今はさっきの演奏がどうしてダメだったのか、ぼくにもわかった。あきらかに、二倍も三倍もよくなっているのだ。

頭がくらくらしていた。ワクワクしていた。疲《つか》れ果ててはいたけれど、今すぐにでもまた吹《ふ》きたい衝動《しょうどう》にかられていた。でも、まずは、エネルギー補給だ。水を飲み、おにぎりを二個たいらげ、ひと息つく。

よく考えると、ぼくたち生徒はそれぞれ休憩《きゅうけい》を取っているが、マエストロは朝からまったく休んでいない。ぼくはラップに包まれた最後のおにぎりを手に、立ち上がった。

「五分休憩《きゅうけい》！」といって、イスに倒《たお》れこむようにすわって水をがぶ飲みしているマエストロのところに、そのおにぎりを持っていく。

「あ、あのー。もし……こんなものでもよければ」

と、おそるおそる差し出すと、マエストロはにっこりした。

「ありがたいが、オレ、今ダイエット中なんだよ。見ろよ、この腹！　んー、でもなんかそれ、うまそうだな。ま、一個ならいっか！」

マエストロは、いたずらっ子のような顔をしながらぼくからおにぎりを受けとり、かぶりついた。

「あ、これ、公演で日本に行ったとき、食べたことがあるな。うまいよな！　最近ミラノにもこれ売ってる店ができたって噂《うわさ》を聞いたぞ」

もぐもぐいいながら、マエストロはあっという間におにぎりをたいらげた。

「もう一個ないの？」

ぼくは笑って首を横に振《ふ》る。

「すみません。最後の一個でした」

「しょうがない。ダイエットモードにもどるか。よし、じゃあ再開だ。次！」

次の生徒が、クスクス笑いながらフルートをかまえた。

17 たった二日間で

ぼくがおどろいたのは、マエストロの指導力や、やる気を出させる強力磁石みたいなパワーだけじゃない。フルーティストで指揮者でもあるマウロ・ビーニの、アレンジ力と指揮力だ。

マエストロは、生徒八人に自分を加えたフルート・アンサンブルを編成した。そしてチャイコフスキーの『くるみ割り人形』をアレンジした楽譜《がくふ》を配った。マエストロはスカラ座のオーケストラ活動のほかに、普段《ふだん》からフルート・アンサンブルを編成し、自分がアレンジした曲を指揮しているらしい。今回は、そのメンバーにもなっている生徒のひとりにバスフルートを持ってこさせ、他のふたりがアルトフルート、マエストロを含《ふく》めて五人がフルート、そしてひとりがピッコロという編成だ。

マエストロはかたくるしいやり方が嫌《きら》いで、お客さんが喜ぶように曲を選び、順番を決める。たとえば、ある生徒に、マエストロはこういった。

「第三楽章はまだ無理だな。じゃ明日は、第二楽章、第一楽章の順に吹《ふ》けよ」

ぼくは耳を疑った。クラシック音楽では、そういうことは許されていないと思っていた。作曲家への冒瀆《ぼうとく》になるとか、楽譜《がくふ》に忠実でないといけないと教えられてきたからだ。

「客は、最後はしんみりじゃなくて、盛り上がって終わってほしいものなんだ」

と、マエストロはいった。第二楽章はアダージョで、ゆったりとしていて悲しい。第一楽章は明るいから、あえて順番を逆にしたのだろう。

「クラシック音楽だって、エンターテインメントだからな！」

ますますびっくりした。クラシック音楽がエンターテインメント？

初日のグループ練習では、いくらぼくをのぞく全員がハイレベルのフルーティストでも、さすがになかなか合わなかった。たった二日でフルート・アンサンブルをやるなんて、マエストロはムチャクチャだと内心思った。いきなり編成して、お客さんが聴《き》いて楽しめるようなレベルに仕上がるわけがない。実際、発表会直前のリハーサルでも、マエストロはなんども大声でどなった。

二日目の夜八時。いよいよ本番だ。入場無料なのに、お客さんは少なかった。もっとも、七月下旬《げじゅん》は住民がバカンスで街からいなくなりはじめる。そのせいかもしれない。ツーリストがちらほら来ているだけ、という印象だった。

ぼくはトップバッターだけど、パラパラとしかすわっていない客席を見て残念に思っている自分が意外だった。人前に出るのは好きじゃないはずなのに、どうせならたくさんの人に聴《き》いてほしいと思っていたのだ。

マエストロがいっていた「適度な緊張感《きんちょうかん》」のおかげか、体中をかけめぐるアドレナリンは多すぎることも少なすぎることもなかった。この曲に関しては、もうテクニックは十分みがき、先生に指導された息の使い方も上達し、不安はない。

舞台《ぶたい》に上がり、客席を見まわし、頭を下げ、ピアニストとうなずきあう。

ピアノ伴奏《ばんそう》が始まる。

チュルーの『グラン・ソロ　第五番、作品七九』は、哀愁《あいしゅう》に満ちた曲ではないから、ひとりで吹《ふ》いていたときはあまり好きではなかった。でも、ピアノといっしょだとぜんぜんちがう。長いピアノ伴奏《ばんそう》が続き、いきなりフルートが夏の稲妻《いなずま》のように入る。なんともいえないパワーを感じながら、ぼくは吹《ふ》く。やがてゆったりとしたメロディになり、また最初の激しい感情にもどる。体中が火照《ほて》る。

二度しか合わせていないのに、ピアニストはまさにプロで、完璧《かんぺき》に合わせてくれる。ピアノといっしょに演奏する心地《ここち》よさを味わうのはボーエンとやったとき以来だ。

演奏を終えると、会場から、大きな拍手《はくしゅ》が起きた。いつのまにかお客さんが増えていた。そして舞台《ぶたい》の袖《そで》では、七人の仲間が、派手に拍手《はくしゅ》をしてくれていた。ピューピュー口笛も吹《ふ》いて「ブラーヴォ！」を連発し、盛り上げてくれていたのだ。

頭を下げて舞台《ぶたい》の袖《そで》に引っこむと、仲間たちにもみくちゃにされ、マエストロがドスン、とぼくの背中を叩《たた》いた。

「ユージ！　リハーサルより数倍よかったぞ。本番に強いな。世の中には逆の人も多いんだよ。きみは舞台《ぶたい》じゃぜんぜんシャイじゃないね。コンサートに向いているよ。臆《おく》せず、じつに豊かに表現していたぞ。このまま、どんどんフルートを続けなさい」

「はいっ！」

長いことくすぶっていた炭に、やっと火がついたような気分だった。涙《なみだ》がこみあげそうになっていた。フルートを続けなさい、という言葉をもらえたからなのか、自分がフルートを続けたいと強く思ったからなのかはわからない。ただ、吹《ふ》く喜びを感じていた。

仲間たちにも励《はげ》まされた。たった二日間を共に過ごしただけで一体感が生まれたのは、マエストロのきびしくも温かい人柄《ひとがら》のおかげと、アンサンブルでいっしょにやる喜びを味わえたからだろう。

みんなは口々《くちぐち》に、マエストロ・ビーニのもとでずっと習いたかったといった。でもマエストロはオーケストラの仕事で忙《いそが》しいから、音楽院では教えていない。だからこそ、年に二回ほどやる短期のマスタークラスは、ほんの一、二時間で定員に達してしまうのだ。たまたま入れたぼくはすごくラッキーだったんだよと、みんなにいわれた。そして「来年はオレたちといっしょに最初から申し込《こ》めよ」とも。

もちろんぼくはみんなに約束した。この二日間のマスタークラスで、目が覚めた。やっぱり音楽は楽しい！　来年は最初の数秒以内に申し込《こ》もう。


九時近くなると、会場にどんどん人が入ってきて、フルート・アンサンブルが始まる九時半過ぎには、満席どころか立ち見まで出ていた。袖《そで》から観客席を見ていると、アドレナリンが体の中をかけめぐった。

フルート・アンサンブルが始まると、マエストロは客席に向かってUの字に並んですわっているメンバーのひとりになり、吹《ふ》きながら目と全身で指揮をした。

リハーサルでは今ひとつまとまりが悪かったのに、八人プラス指揮者の九人が一体となって、ひとつの音楽を作りはじめた。八本のフルートと一本のピッコロが、おのおのの音をしっかりと主張しつつもたがいの音を尊重しあう。マエストロは、けっして自分だけがスターとして君臨するわけではなく、自分だけソロパートが多いわけでもなく、まわりに見事に調和する。さすがにオーケストラで長年やっている人だ。

演奏しながら、ゾクゾクしてきた。それはみんなも同じだったみたいで、一曲目と二曲目のあいだにふと見ると、みんなの顔は喜びに満ちあふれていた。

マエストロの思惑《おもわく》どおり、派手なエンタメ要素もたくさん入ったアレンジだったからかもしれない。観客席は総立ちとなり、アンコールを求める声や拍手《はくしゅ》の嵐《あらし》で盛り上がった。

それぞれのフルーティストの高いテクニックに支えられた表現力と、マエストロの最高の指揮で、たった二日間で仕上げたフルート・アンサンブルは、信じられないコンサートをやってのけた。二度のアンコールのあと、客は頬《ほほ》を赤らめたまま、名残《なご》り惜《お》しそうに帰っていった。

フルートをやっていてよかった！　ぼくはそう実感した。これが音楽のすごさなんだ。演奏者と聴衆《ちょうしゅう》が、同じ時間に、同じ空間で、同じ空気を吸って、音楽の喜びをシェアする。

ついこのあいだ、ジャズやほかのジャンルをやってみようかと逃《に》げ腰《ごし》になっていたぼくは、今、またクラシック音楽の魅力《みりょく》に取りつかれている。

そもそも、こっちがダメだからあっちみたいな甘《あま》い考えは、どのジャンルでも通用しないに決まってる。ジャズもすてきだけど、今はクラシックフルートを習得したい。

なにを吹《ふ》きたいのか。どう伝えたいのか。自分が表現したいことを思う存分実現できるテクニックを持ってからじゃないと、話にならない。

まだ、あきらめの境地に達するほど努力していないじゃないか。

音楽。音を楽しみ、客も楽しませる。

ぼくがフルートをだれのために、なんのために吹《ふ》くのか、今やっとわかったような気がした。

18
分かれ道

後期中等教育校《リチェオ》の二年生になり、音楽院の五年生が始まった。音楽院の五年生は、重要な学年だ。中級最後の年で、六、七年生になると上級のプログラムになるからだ。サンティーニ先生からも、先輩《せんぱい》たちからも、「五年生は特に苦しい一年になるぞ」と、さんざん脅《おど》されてきた。

最初の個人レッスンで、夏に仕上げた『グラン・ソロ』を吹《ふ》くと、サンティーニ先生は満足げな表情でうなずいてくれた。

「二日間のマウロ・ビーニのマスタークラスは、きみにとてもいい影響《えいきょう》を与《あた》えたらしいね。音がとてもよくなったよ。ボリュームもあるし、深みも増したな。それに、そのおかげで表現力もついた。なにより、肺活量がえらく増えたようだな。走ってるのか？」

めずらしくほめられて、ぼくは舞《ま》いあがりそうになった。

「はい。ずっと、朝晩三十分ずつ走ってます」

「そうか。その成果が出ている。しかし、フルートがね……。今年はプーランクの『フルート・ソナタ』やムーケの『パンの笛』、ライネッケの『バラード』、エネスコの『カンタービレとプレスト』を用意しているんだ。やはりこういったレパートリーを吹《ふ》くには、そのフルートではきついだろう。そろそろ、買いかえる時期かもしれないな」

「あの、どうしても……」

先生はわが家の事情を知らない。

「どうしても、買いかえなきゃダメですか？　うちはあまり経済的な余裕《よゆう》がないんです」

サンティーニ先生は、ぼくをじっと見た。

「もちろん、義務ではない」

先生は、小さくため息をついた。

「初心者用のフルートで卒業する生徒も、いなくはない。だがね、分岐点《ぶんきてん》における決意のようなものなんだ。趣味《しゅみ》のレベルならば、あえて国立音楽院《コンセルヴァトーリオ》で学ぶ意味はない。きびしい音楽院に入るのは子どもの頃《ころ》だから、最初は決意なんかないだろう。しかし中期の修了《しゅうりょう》試験のある五年生にもなれば、プロの演奏家をめざすために音楽院に残るはずなんだ。もちろん、本気でめざしても実際プロになれるのはほんのひと握《にぎ》りだが、最初からめざさないのであれば、なれるはずもない。友だちとも遊ばずほかの習い事もせず、音楽ばかりをやってきたのはなんのためか。これから、五年、六年、そして最終学年と、どんどん時間的にきつくなっていくよ」

「……はい」

先生のいっていることは、よくわかった。まったくそのとおりだ。

でも、決意なんて、きっぱりとできるものじゃない。

「きみはやっと今、最初の壁《かべ》を越《こ》えた。これから楽しみなフルーティストになれる可能性を秘めている。しかし残念ながら、そのフルートでは、限界があるんだよ。家の事情は察するよ。ぼくの家もあまり裕福《ゆうふく》じゃなかったからね。でも、よく考え、おかあさんと話しあってほしい。覚悟《かくご》を決めて前に進むか、今のままであと三年なんとかやりすごして卒業証書だけをもらうのか。それはぼくが決めることではないからね」

「はい……」

そのあとの練習曲はそつなくこなしたが、頭の中はもやもやとしていた。

レッスンが終わって防音室を出ると、見慣れた廊下《ろうか》がいつもより長く見えた。歩いても歩いても、出口にたどりつけそうにない。

夏のあの二日間、ぼくはフルートを吹《ふ》く喜びを取りもどした。なのにまた、憂鬱《ゆううつ》な考えに押《お》しつぶされようとしている。

マエストロ・ビーニがぼくのフルートを試《ため》したときのあの音。マエストロのフルートの音とはぜんぜんちがった。あのスカラ座の首席奏者が吹《ふ》いても、やはり音は悪かった。ようするに、今のフルートでは限界がある。それは明白だ。

でも、いったいどうすればいいんだろう？

たとえ学割にしてもらっても、七千ユーロ近くする。母の月給の四か月分以上だぞ。そんなものを買ってくれなんて、いえるわけがない。犬の散歩のアルバイトだって、一年やっても、せいぜい五百ユーロだ。犬を四匹《ひき》にするっていう手もあるけど、村中のポストに広告の紙をなんど入れても、客は増えなかった。しかも夏休みはみんな海に行ってしまうから、バイトも一、二か月中止になってしまう。買いかえるなら、自分が社会人になってちゃんと稼《かせ》いで金を貯《た》めてからだ。少なく見積もっても、あと十五年はムリだろう。

サンティーニ先生の言葉が、ぼくの頭の中でなんどもリピートされた。

覚悟《かくご》を決めて前に進むか、今のままでとりあえずあと三年やって卒業証書だけをもらうのか。

ぼくには、どうしたいのか、なんて選択肢《せんたくし》はない。本気で向きあいたくても、そんな高価な楽器を買えるわけないじゃないか。ぼくはサンドロでもリナでもジャンフランコでもない。

なんだかんだいっても両親だけじゃなくて祖父母や親せき一同がすぐそばにいるマルタより、ずっと条件が悪い。

ここまで来たんだ。今のフルートのまま、音楽院の卒業証書はもらおう。大学は、家から通える国立大学の工学部に行って、ちゃんと稼《かせ》げる仕事を見つけて、あとは趣味《しゅみ》で音楽を続ける。それしかないじゃないか。

というか、それで十分だ。ずいぶんすてきな生き方だと思う。へたにプロをめざして、ろくな音楽家にもなれなくて母に迷惑《めいわく》をかけつづけるより、経済的に安定していて、しかも趣味《しゅみ》でフルートを続けるなんて、最高だ。

目の前に分かれ道がある。でもいっぽうはふさがっていて、通れない。それは、一本道と同じことだ。ふさがった道をいつまで見ていてもしかたがない。自分が行ける一本道を行こう。

そう思って大股《おおまた》で歩いていると、ふいに涙《なみだ》が出そうになった。

くやしいのか、悲しいのか。

いや、悲しいんじゃない。くやしいんだ。怒《いか》りだ。

生まれた場所とか家庭環境《かんきょう》とか、肌《はだ》の色とか身体能力とか、そういう「条件」で、人の人生が左右されるのって、おかしいじゃないか。

だれでも同等のチャンスを与《あた》えられるべきなんじゃないのか？

努力をするのはあたりまえだけど、最初から努力してもムダだってわかっていたら、がんばることなんかできない。

昔、世界は階級制度だった。身分によって、やれることとやれないことは、最初から決められていた。肌《はだ》の色がちがうだけで、同じバスや車両には乗れなかった。大名が通れば、そいつが本当はどんなに最低のヤツでも、頭を地面にこすりつけて平伏《へいふく》しなければならなかった。多くの国で貴族の男しか大学に入れなかった。庶民《しょみん》は学がないから、支配者階級にいいように支配されっぱなしの、ひどく不条理な世の中だった。

でも、今だって、たいして変わっていないんじゃないか？

ぼくらに選択肢《せんたくし》はないのか？

結局、ちっとも自由なんかじゃない。可能性がないなら、禁止されているより質《たち》が悪いかもしれない。自らあきらめなきゃならないからだ。

立ちどまり、目の前に広がる中世の美しい街並みを見つめた。

そして、叫《さけ》んだ。

「わぁーっ！」

なんの解決にもならないけれど、叫《さけ》ばずにはいられなかったのだ。

いっそのこと、「きみには才能がない。やめたほうがいいだろう」といってもらえたら、きっぱりあきらめることができるかもしれない。

19

限界を超《こ》える

第一オケのメンバーになって、オーケストラの練習が始まると、もやもやしていたぼくの気持ちは、少し晴れてきた。

予想どおり、コンマスにはジャンフランコが指名された。首席フルート奏者はサンドロ。ぼくが第二で、マルタがピッコロだ。たぶん、ぼくのボロボロのピッコロを見て、指揮者のナンニ先生が「こりゃダメだ」と思ったんだろう。

オケで吹《ふ》くのはやっぱり楽しい。ぼくはこれをやりたくてこの音楽院に入ったのだ。最初に渡《わた》された楽譜《がくふ》は、プロコフィエフの『ロメオとジュリエット』だ。抜粋《ばっすい》される回数が一番多いのは、独特の出だしが有名な第一幕の第二場、第十三曲〈騎士《きし》たちの踊《おど》り〉だ。組曲版では〈モンタギュー家とキャピュレット家〉というタイトルになる。ぼくはこの曲が大好きなのだ。

対立する両家の緊張《きんちょう》と決闘《けっとう》の重みが不協和音で表現され、緊張感《きんちょうかん》のある弦楽器《げんがっき》と重たいホルンが交互《こうご》に現れ、そこに太鼓《たいこ》がドスンと入り、やがて天使のようなジュリエットの踊《おど》りを彷彿《ほうふつ》とさせるフルートが入る。

練習初日。オーボエ科の先輩《せんぱい》がラの音を出し、みんなも続く。ぼくも姿勢を正し、フルートをかまえる。全員の音がきれいにそろい、指揮者の合図で、曲が始まる。ぼくはじりじりしながら自分の出番を待ち、最初の音を出す。

こんな気持ちは久しぶりだ。オケで吹《ふ》くというのは、こういうことなんだ。コンクールがどうのとか、楽器の質とか、音楽理論とか、将来の心配とか、そんなことは一瞬《いっしゅん》にして消えた。心地《ここち》よい春風みたいに、ぼくの脳ミソの中のモヤモヤを見事に吹《ふ》きとばしてくれた。

今、オケで吹《ふ》いている。プロコフィエフの名曲を吹《ふ》いている。

それだけでいい。音楽院を出てしまえば、もうオーケストラで吹《ふ》くことは二度とないだろう。だから、せいぜい楽しもう。

フルートを買いかえる件については、レッスンでサンティーニ先生に返事をした。母には相談しなかった。

「わかった。残念だが、しかたがない」

サンティーニ先生は、それ以上なにもいわなかった。

ぼくはもうあきらめがついている。そもそも、惜《お》しむほどの才能も、くやしいほどの努力もしていないのだから。まだ十五歳《さい》になったばかりだ。フルート以外にもやれること、やりたいことはたくさんあるにちがいない。


家に帰ると、母が二週間後の日曜日にレストラン和田で誕生日を祝ってもらえるといってはしゃいでいた。勤務歴二十周年も兼《か》ねたパーティなんだそうだ。四十三歳《さい》になっても、パーティはうれしいものらしい。もちろんぼくにも参加しろといった。

小さい頃《ころ》から、ときどきレストラン和田に顔を出して、オーナーの和田さん夫婦にかわいがってもらってきた。ふたりには子どもがいないから、ぼくは孫のようなものだと、よく和田さんはいう。本当の祖父母とは疎遠《そえん》のぼくにとっても、和田さん夫婦は祖父母のような存在だ。

レストラン和田は、日曜日のランチタイムのあとは閉店になるので、夕方から店でパーティをやるというのだ。常連客や母の友だちも来るらしい。四十三歳《さい》よりも、二十周年記念のほうが大切だから、ろうそくは二十本にしてもらうとか。

ぼくもなにかプレゼントを用意したいと思っていたが、先に母からリクエストが来た。店でフルートを吹《ふ》いてほしいというのだ。和田さんたちも聴《き》きたがっていると。

それでぼくは、『ハッピーバースデートゥユー』の曲をアレンジすることにした。モーツァルトのきらきら星変奏曲みたいに、シンプルなメロディをいろいろに変化させる。それから、もう一曲。今練習している曲にするか、夏に仕上げた『グラン・ソロ』にするか。

中級の難易度になると、ひとつの曲を練習して仕上げるのに、二、三か月かけるのが理想的だ。先生いわく、それ以下でも以上でもいけない。たとえば半年もかけてしまうと、精神的にだれてくるという。曲に対する愛も、新鮮《しんせん》さもなくなる。だからコンクールをねらう場合でも、たいてい二、三か月で仕上げなければならない。

でも、『グラン・ソロ』をピアノ伴奏《ばんそう》なしというのはさびしいし、まだ仕上がってもいない別の曲を人前で吹《ふ》くわけにはいかない。

それじゃ伴奏《ばんそう》なしのフルート・ソロ曲『シランクス』にしようか。サンティーニ先生のプログラムだと六年生でやるはずの曲だけど、あまりに好きな曲だから、自主的に選んで夏休みに練習した。ずいぶん吹《ふ》きこんでから、夏休み明けにサンティーニ先生に聴《き》いてもらった。

ドビュッシーの『シランクス』は、ぼくがもっとも尊敬するフルーティスト、マルセル・モイーズがドビュッシー本人の前で吹《ふ》いたという逸話《いつわ》つきだ。もの悲しく、幻想的《げんそうてき》なメロディで、物語も魅力的《みりょくてき》だ。

ギリシャ神話の美しい精霊《せいれい》シューリンクス（古代ギリシャ語。フランス語ではシランクス）は、半獣《はんじゅう》の牧神《ぼくしん》パンにひと目惚《めぼ》れされ、追いかけまわされて逃《に》げまどう。

行き場を失ったシューリンクスは、川の精に祈《いの》り、葦《あし》に姿を変えた。追いかけてきたパンは葦《あし》になったシューリンクスが風に揺《ゆ》れて奏《かな》でる音に聴《き》きほれた。パンはその葦《あし》を折って葦笛《あしぶえ》パンフルートを作り、「少なくとも、あなたの声と共にいることができる」と喜び、肌身離《はだみはな》さず持ちあるくようになった。

古代ギリシャのこの伝説を目に浮《う》かべるようにして、ドビュッシーはこの曲を作ったのだろう。幻想的《げんそうてき》なイメージが、ありありと浮《う》かんでくる。少し霧《きり》がかかった森の中、水辺、美しいシューリンクス。シューリンクスを失った悲しみと、美しさをたたえる喜びがとけあったパンの笛の音色。

そういえば、初めてフルートに出会ったときも、同じパンが関連していた。あのときのラヴェルの『ダフニスとクロエ』の中の〈無言劇〉は、パンとシランクスの物語を聞いたダフニスとクロエが、パンとシランクスに扮《ふん》して踊《おど》るシーンなのだ。

もうすぐ吹《ふ》くことになる、ムーケの名曲『パンの笛』も、同じテーマだ。パンの物語は、とても悲しい。

ぼくはなぜ、もの悲しい、あるいはメランコリックな音楽ばかりに惹《ひ》かれるんだろう？

ヴィヴァルディの『四季』の、うっとうしいほど楽しい〈春〉のあとの、あのけだるい〈夏〉。明るいモーツァルトの曲の中で、とびきり重々《おもおも》しい『レクイエム』。絶望的なアルビノーニの『アダージョ』。帰らない遠い日々《ひび》を思って涙《なみだ》するようなマーラーの交響曲《こうきょうきょく》第五番の『アダージェット』。ラフマニノフのせつない『ヴォカリーズ』。一歩まちがえれば悪趣味《あくしゅみ》になりそうなくらい泣かせるバーバーの弦楽《げんがく》のための『アダージョ』。

フルートの曲なら、グルックの『精霊《せいれい》の踊《おど》り』の第二楽章。ドップラーの『ハンガリー田園幻想曲《げんそうきょく》』。ライネッケの『バラード』。ムーケの『パンの笛』の第二楽章。

そして『シランクス』。

ぼくが好きな曲はこぞって悲しく、せつなく、暗い。

せっかくのお祝いの席で『シランクス』はさびしすぎるか。

いろいろ考えていたら、マエストロ・ビーニの言葉を思い出した。コンサートの最後には明るくポジティブになれる曲を持ってくるといっていたのだ。悲しい美に浸《ひた》ったあと、最後にはハッピーエンド。お客さんを笑顔《えがお》で送り出したいじゃないかと、マエストロはいっていた……。

わかった。最初に『シランクス』でしっとりしたあとに、楽しく明るいハッピーバースデー変奏曲を吹《ふ》こう。

ぼくは二週間、母のいないときにひたすら『ハッピーバースデートゥユー』をアレンジし、楽譜《がくふ》におこし、練習した。アレンジした部分は、ある程度「アドリブ」にしたっていい。自由に、そのときの気分で。

だれかのために吹《ふ》くのはうれしい。でも、喜んでもらえるためにはきちんと仕上がっていなければならない。内輪のパーティだって、聴《き》いてもらう以上、ミスをしてみんなを興ざめにするのは避《さ》けたい。だからやっぱり、テクニックは必要なんだ。

サンティーニ先生のいったとおりだ。

自分の限界を知る。

そしてそれを超《こ》える。

20

サプライズ

その日、母にいわれたとおり、夕方六時にレストラン和田に向かった。母は会場作りを手伝っているはずだ。

店には和田さん夫婦と板前さんと、母の友人三、四人しかいないと思っていた。

ところが、レストラン和田は、満席だった。板前さんだけじゃなくて、パキスタン人とフィリピン人の若い見習いさんたちも残ってくれていたし、トスカーナ日本人会の人たちが大勢来てくれていた。みんなもう席についていた。

ほんの数人の内輪の前で吹《ふ》くと思っていたから、ちょっと緊張《きんちょう》してきた。マエストロ・ビーニのいう「適度な緊張《きんちょう》」ってやつだ。

食事はブッフェ式になっていて、大テーブルにはお寿司《すし》がたくさんのっていた。ガラス張りの厨房《ちゅうぼう》では板前さんたちが忙《いそが》しく動きまわっている。

母のためにこれだけやってくれているのかと思うと、ぼくは申し訳ないやら、ありがたいやらで、胸が熱くなった。

「では、みなさんお揃《そろ》いのようなので、始めましょう。今日は特別パーティです。うちに長年勤めてくれている森さんの就労二十周年記念と、ついでに年齢《ねんれい》は忘れたけど誕生日会です。お祝いに、祐司《ゆうじ》くんのフルート・リサイタルつき！ 会費はひとり、ミュージックチャージなしの格安二十五ユーロ！ 食べ放題！ ジュースとお茶とイタリア産ビールは飲み放題！ それ以外の飲み物は別途《べっと》会計だからね！」

和田さんが大声で叫《さけ》ぶと、お客さんが笑った。

「んじゃまあ、お料理ができるまで、祐司《ゆうじ》くんのフルートを楽しみましょう！」

和田さんが拍手《はくしゅ》をすると、お客さんもみんな拍手《はくしゅ》してくれた。

ぼくは頭を下げ、フルートをかまえる。暗譜《あんぷ》している『シランクス』を、目を閉じて吹《ふ》いていると、まるで自分とフルートだけの世界にいるような、いつも部屋で月明かりに照らされた丘《おか》を見ながら吹《ふ》いているような、あの感覚が蘇《よみがえ》ってくる。

でも今、ぼくはぼくじゃない。パンだ。牧神《ぼくしん》パンは、葦笛《あしぶえ》になったシューリンクスを想《おも》いながら吹《ふ》く――姿はもう見えないけれど、きみはこうして笛になった。ずっと、ずっと、きみの声と共に生きよう。

そんなパンのせつなさや喜び。

吹《ふ》きおわって目を開けると、母や和田さんのほか、数人が涙《なみだ》を浮《う》かべていた。

びっくりした。ぼくの演奏で人を感動させることができるなんて、思いもよらなかったのだ。

そして店内に、拍手《はくしゅ》が鳴り響《ひび》いた。

ぼくは深々《ふかぶか》と頭を下げた。お客さんに喜んでもらえてうれしいのは、夏のマエストロ・ビーニ・マスタークラスの演奏以来だ。

「ブラーヴォ!」

と、かけ声がかかった。ぼくはもう一度軽く頭を下げた。

家で練習してきたとおり、ちゃんとしゃべらなきゃ。人前で話すのは、フルートを吹《ふ》くより数倍むずかしい。

「では……えーっと、しんみりしたあと、おめでたい曲を吹《ふ》きたいと思います。えーっと、ハッピーバースデーの曲ですが、あの、ちょっと勝手に……アレンジしてみました」

ハッピーバースデー変奏曲。最初はシンプルなメロディ。それがどんどん変わっていき、原形を思い出せないぐらいになる。マエストロ・ビーニふうの「エンタメ要素」のために、ぎょっとするぐらい速いパッセージをたくさん入れた。そして最後にはシンプルなメロディにもどって終わる。楽しくて明るいラスト。

今度はみんな笑顔《えがお》で拍手《はくしゅ》をしてくれた。

和田さんの奥《おく》さんがケーキを出してきて、母がろうそくの火を一気に吹《ふ》き消した。

「二十周年おめでとう！」

「お誕生日おめでとう！」

あちこちから声がかかって、母はうれしそうに頭を下げまくった。

「あー、でも悪いけど、ケーキはあとね。先に料理が出ますからねー。あ、あとね、みなさん、打ち合わせどおり、今、例のやつの進呈式《しんていしき》をやります！」

和田さんがそう叫《さけ》んだ。

打ち合わせどおり？

意味がわからずにぽかんとしていると、和田さん夫婦がぼくのほうに歩いてきた。和田さんは手になにか持っている。それは日本でなんどか見たことがある、御祝儀袋《ごしゅうぎぶくろ》というやつに見えた。

「タタターン。本日のメインイベント。はい。これはきみのおかあさんとぼくたちレストラン和田、そしてここにいるみなさんがしてくれた寄付を集めた、七千ユーロです。きみがおかあさんに渡《わた》した犬の散歩のバイト代も全額入ってると思うよ。これでフルートを買いかえてよ。もっといいフルートできみの演奏を聴《き》きたいからさ」

「えっ!?」

ぼくは和田さんや店内の人たちを見た。みんなが微笑《ほほえ》んでいる。

心臓がバクバク打って、言葉が出ない。

「あ、あの……」

「きみのおかあさんはね、長年うちの安月給で昼も夜も文句ひとついわずに働いてくれて、明るくてお客さんにも人気でさ、助かってるんだよ。けどね、よく考えたら、二十年間ろくにボーナスを出したことがなかったんだ。ひどい雇《やと》い主だよね」

「ほんっとひどいよ、和田さん!」

と、だれかが茶化した。

「で、でも……」

「まあ、うちが出したのは半分だけだから。あとはおかあさんのへそくりとね、みなさんのご好意だよ」

うろたえていると、母が「ありがたくいただきなさい」と、立ち上がっていった。

「あ、祐司《ゆうじ》くん、そのかわりさ」

和田さんがニヤッと笑って、ぼくの手に厚ぼったい御祝儀袋《ごしゅうぎぶくろ》を押《お》しつけていった。

「年に一回くらい、ここでリサイタルやってよ。どう？　もちろんギャラなし。ヒヒヒ」

和田さんは楽しそうに笑う。

ぼくは頭を下げた。

涙《なみだ》があふれだして、もう顔を上げられなくなった。

「よーし、乾杯《かんぱい》をして、食べるぞー」

和田さんのひとことでみんなが「かんぱーい！」「いただきまーす！」と、騒《さわ》ぎだした。

ぼくはイスに倒《たお》れこみ、泣いた。はずかしいぐらい、泣いた。


泣くだけ泣くと、和田さんがくれたティッシュで鼻をふきながら、立ち上がった。

「みなさん、ありがとうございました！　本当に、本当にありがとうございました！」

頭を下げる。低く、低く、低く。

今のぼくには、これくらいしかできない。

「そんなに頭下げるなよ。うちなんか二十ユーロしか寄付してないんだから」

「あんたっ！　はずかしいことといわないでよ！」

「がんばれ！　有名人になっても、私たちのこと忘れないでね！」

「祐司《ゆうじ》くんのプレッシャーになるこというなよ」

「べつにプロにならなくてもいいよ！　でもときどきここでフルート聴《き》かせてよ！」

「おいおい、そんなヤル気が失《う》せるようなこと、いうなよ」

みんなが口々《くちぐち》にいいはじめ、ぼくは思わず笑った。


厨房《ちゅうぼう》へ行き、板前さんや、パキスタン人とフィリピン人の見習いさんのふたりにもお礼をいった。

ぼくは今、温《ぬく》もりを感じている。

みんながそれぞれの想《おも》いで、異国の街で暮らしている。

帰るところを失った人。帰りたいけど帰れない事情がある人。まだ帰りたくない人。いずれ帰るつもりの人。

さびしくて、故郷がなつかしくて、ときどき同じ国の人たちと集まってしゃべる。

おたがいに家族にはなれないけれど、寄りそいあうことはできる。

母は日本に居場所がなくて悲しい想《おも》いをしているとずっと思っていたけれど、それはちがったのだと、今気づいた。

ここには、母とぼくの居場所がある。

21
五年間ありがとう

目の前に、総銀製のインライン・リングキーフルートがずらりと並んでいる。

店員さんにそう聞かれても答えられなかったので、両方のさまざまなメーカーのフルートを持ってきてくれた。

「C管にします？　H管？」

ふたつのタイプの基本的な差は、最低音がド（C）かシ（H）かだ。でも、H管は若干長くてより重いし、音色も渋《しぶ》い。初心者用のフルートはふつうC管だから、前は迷うこともなかった。でも、高額なフルートを目の前にして、どっちにしたらいいのか正直わからなかった。

リナはH管で、サンドロとマルタはC管だ。先生のメインフルートもC管だ。もちろん、プロは何本か持っているけれど、ぼくら生徒はそうはいかない。

サンティーニ先生は、H管じゃないと吹《ふ》けないような曲はそれほど多くないし、プロでもC

管をメインに使う人が多いから、C管でもいいといっていた。どうしてもオーディションやコンクールとかでH管が必要な場合は、先生のサブ・フルートのパーツを貸してくれるともいってくれた。

試《ため》しにH管を吹《ふ》かせてもらうと、やはり音がまったくちがった。

「あら、それ、こないだパーティで吹《ふ》いた曲でしょう？　ぜんぜんちがうわね！」

母も音のちがいに気づいた。高音と低音の響《ひび》きが、ぼくのフルートとは比べものにならないほどいいのだ。

C管でも同じ曲を吹《ふ》かせてもらうと、音がもっと明るい。それに、たったの三・五センチ短いだけで、操作性もかなりいい気がした。

どちらにもそれぞれのよさがある。直感で選ぶなら、C管だ。でも万が一、一番下のシまである曲を吹《ふ》く機会があったら？　ドップラーの『ハンガリー田園幻想曲《げんそうきょく》』は、そのシがある。そういうときは、はがきを丸めて管を長くすればシの音も出ると、前にマルタがいっていたけど。

一時間も粘《ねば》って悩《なや》んだあげく、やはり音が「天使の声」に近く、自分にとっては操作性が高いM社のC管を選んだ。

ぼくの初心者用フルートはいいコンディションだったため、下取りしてくれることになり、店員さんが持っていった。

自分のフルートがどんどんぼくから離《はな》れていくのを見て、急に不安になった。

「あら、そんな名残り惜《なごお》しそうな顔しないでよ。もっといいフルートを持てるんだから!」

と母に背中を叩《たた》かれたが、五年もいっしょに過ごしてきた楽器を手放す瞬間《しゅんかん》、なんともいえないさびしさがあった。ぼくは心の中で、こっそりつぶやいた。

五年間、ありがとう。

店員さんはすぐにもどってくると、下取り代金を引き、さらに学生割引もしてくれた。それからぼくが選んだフルートを革のバッグに入れて、渡《わた》してくれた。

母や和田さんや、みんなの好意のおかげで買えたこのフルート。

もう、あとには引けない。楽器のせいとか、あれこれいい訳もできない。

大きく深呼吸をした。

覚悟《かくご》をしなきゃ。プロになりたいとか、なれるのかとかじゃなくて、真剣《しんけん》に向き合う覚悟《かくご》だ。

店を出ると、雨が降っていた。ぼくは新しいフルートのバッグが濡《ぬ》れないように、前に抱《かか》えて持った。早く家に帰って思いきり吹《ふ》きたかった。こんなにフルートを吹《ふ》きたいと思ったのは、ひさしぶりだった。あの、夏のマエストロ・ビーニのマスタークラス以来だ。

下取りしてもらった前のフルートに、なにか罪悪感のようなものを感じながらも、ぼくは新しいフルートの音色にうっとりしていた。

前のフルートとは、使い勝手がかなりちがう。ステンレスから銀になったのだから。まず金属の厚みがちがう。前より重い。リッププレートもちがう。新しいフルートは、息がうまく入りやすいように、リッププレートにほんのり凸凹《でこぼこ》のレリーフがつけてある。そのおかげか、銀のせいか、信じられないほど音がよくなった。でも、せっかくのフルートも、練習不足じゃ意味がない。もっと吹《ふ》く時間を増やさなきゃ。

そうはいっても、学校の勉強はどんどんむずかしくなってきていた。なんといっても、魔《ま》のラテン語。とにかくめちゃくちゃむずかしい。

ラテン語なんて死語じゃないのか。公用語として欧州《おうしゅう》で使われていたのは、古代ローマから中世までだ。その後も学術用語として近代まで使われていたらしいけど、今はラテン語で話す国民なんて世界のどこにもいないんだし、必要ないんじゃないかと思う。

ところが、西洋の言語はラテン語や古代ギリシャ語をベースにしていて、今でもひっそりと影響力《えいきょうりょく》を持っているらしいのだ。イタリアの遺跡《いせき》だけじゃなくて、英語研修の修学旅行でロンドンに行った先輩《せんぱい》も、大学や古い建物の名称《めいしょう》などは、ぜんぶラテン語で書かれていたといっていた。ラテン語は、どうやら死んではいないのだ。

音楽用語もそうだ。ドレミをはじめ、フォルテとかピアノとか、イタリア語が多い。けれど、もとをただせばラテン語だったり、ラテン語のままだったりすることもある。

ぼくの好きな言葉「アドリブ」だってそうだ。ラテン語のad《アド》 libitum《リビトゥム》「自由に」から来ているのだ。これを知ったとき、ラテン語をもう少し勉強してもいいなという気になった。

とにかく、ラテン語で赤点を取るかもしれない。ぼくはイタリア語も得意とはいえないから、二科目で赤点を取るとあぶない。一年のときには二十六人だったクラスが、三年の今は二十一人しかいない。これからどんどんきびしくなると聞いている。つまり、勉強しないわけにはいかないということだ。

どうやったら時間を節約できるか考えてみた。犬の散歩をしながら、イヤホンでラテン語の活用を聴《き》く。イタリアの古典文学、マンゾーニやらレオパルディやらの音声ブックを図書館で借りてきて、聴《き》きまくる。音楽院に通うバスの中で、数式や化学記号を覚える。スマホで写真を撮《と》って、絵として頭に入れるようにする。

そうやって、なんとかフルートの練習時間を増やした。

新しいフルートになってから最初のレッスンで、ぼくはレストラン和田で吹《ふ》いた『シランクス』を吹《ふ》いた。サンティーニ先生は、目をつぶって聴《き》いていた。

「うーむ。とても澄《す》んでいて、しかも奥《おく》ゆきのある音だ。自分の音をよくするには、まず音を聴《き》きわけることが必要だ。きみはもともと耳がいいから音はきれいだったが、そのフルートで、表現に幅《はば》が出たよ」

「ありがとうございます」

「よし、そのフルートなら、このムーケの『パンの笛』も思う存分吹《ふ》けるだろう」

先生が譜面台《ふめんだい》に楽譜《がくふ》をのせた。

「これはきみが初見で吹《ふ》けるほど簡単ではない。よく勉強してきてくれ」

「はい」

二年前だっただろうか。初めてこの曲を生で聴《き》いて、胸が揺《ゆ》さぶられたのは。地中海国際音楽コンクールでサンドロが優勝したときに、ミラノの十五歳《さい》の少年が吹《ふ》いた曲だ。あのときのあの少年と同い年になった今、この曲を吹《ふ》けるのか。吹《ふ》きたくて、うずうずしてきた。

「三月のイタリア・ヤングオーケストラのオーディションを知っているか？」

テレビで毎年観《み》ているから、もちろん知っている。全国の音楽院から選ばれた十五歳《さい》から十九歳《さい》くらいのさまざまな楽器の奏者がオーディションを受け、最終審査《しんさ》で選ばれたメンバーで、夏だけのイタリア・ヤングオーケストラが編成されるのだ。週に一度オケの練習をし、夏休みの二週間の合宿を経て、八月にはヴェローナ野外劇場で大々的《だいだいてき》なコンサートが行われる。将来どこかの国のオケに入りたい若手が夢見る登竜門《とうりゅうもん》だ。

「はい。毎年テレビの放映を楽しみにしています」

「うむ。あれはコンクールではない。勝ち負けの順位はないからね。だが、全国の優秀《ゆうしゅう》な若手音楽家たちがこぞって参加し、選ばれる。競争率は高いが、試《ため》してみる価値はある。今年この学校のフルート課からは三人、オーディションに出すつもりだ」

ぼくは生唾《なまつば》を飲みこんだ。

ひょっとして、その三人とは、ぼく、サンドロ、リナだろうか?

「サンドロときみ、そしてマルタを考えている」

「え、リナじゃないんですか?」

「あの子は本番に弱い。それは致命的《ちめいてき》な欠点だ。とくにあのオーディションは、参加人数の多さもさることながら、審査員《しんさいん》たちも錚々《そうそう》たるものだ。ベルリンフィルやスカラ座の指揮者、各楽器の世界的なソリストたちだからね。プレッシャーに負けたらダメなんだよ」

「は、はい」

「きみはたぶん、その点はだいじょうぶだ。きみをコンクールになかなか参加させなかったのには、ぼくなりの計算があった。だが、このオーディションはきみにとって、コンクールで勝つことよりも大きな意味を持つはずだ。どうだい、やってみるかね？」

「もちろんです！」

「いいか、完璧《かんぺき》にミスなく吹《ふ》くだけじゃだめだ。豊かな表現力が要求される。まず各音楽院が推薦《すいせん》する生徒が北部、中部、南部ごとに集められる。第一次審査《しんさ》でフルートは二十人にしぼられ、第二次審査《しんさ》で十人にしぼられる。最終候補者は最終審査《しんさ》でプロのオーケストラをバックに、ソリストとして吹《ふ》き、審査《しんさ》される。音楽院関係者は自由に聴《き》くことができる公開審査《しんさ》だ」

ぼくはいつも、ヤングオーケストラの全国放映のコンサートは観《み》ていたけれど、公開審査《しんさ》を聴《き》きに行ったことはない。

ゾクゾクしてきた。最終審査《しんさ》までいけば、本物のオケと吹《ふ》ける！

「がんばります！　あの、一次審査《しんさ》は、どんな曲なんですか？」

「たいていバッハか、伴奏《ばんそう》なしのソロだ。前回は『シランクス』だった。今回はなんだろうね。発表になるのは、きっかり二か月前だから、来月半ばだ。二次審査《しんさ》は、自由選曲だ。十五分以内に吹《ふ》ける曲。伴奏者《ばんそうしゃ》は、公平さを保つために、先方のピアニストが指定されている」

ぼくはなんどもうなずいた。

「二次審査《しんさ》までちょうど三か月あるから、ムーケの『パンの笛』を仕上げられるだろう。このオーディションにはもってこいの曲だと思うよ」

「はい。先生、えっと……最終審査《しんさ》の曲は？」

「それも指定されるのは来月だ。たいてい、それほどむずかしい曲は出ない。第一、第二審査《しんさ》で、すでにテクニックは申し分のない生徒が選ばれているからね。最終審査《しんさ》では、オーケストラとうまく共演してソロを吹《ふ》けるか。会場全体にきっちり届く美しい音を出せるか、そして表現力を重視する。三年前のヤングオーケストラのコンサートでは、ヴァイオリンコンチェルトや、フルートコンチェルトも演奏された。そういうソロができるレベルかどうかを評価するんだよ」

「わかりました」

「最終審査《しんさ》で選ばれた三人プラス補欠の四人のフルーティストだけが、オーケストラの団員になれる。ぼくの生徒でヤングオーケストラに入れたのは、十年間でふたりしかいない。可能性は低いが、ないわけではないよ」

ぼくはしっかりとうなずいた。

可能性は低いが、ないわけではないのだ。

帰りの道で、ぼくは熱に浮《う》かされたようになっていた。

でも、大きな問題がある。サンドロだ。

あちこちのコンクールで入賞や優勝をしているサンドロは、とんでもないライバルだ。どうやったら彼《かれ》のすごいテクニックに対抗《たいこう》できる？

興奮と焦《あせ》りが同時に押《お》しよせてきて、頭が痛くなってきた。

22

おまえにバッハはわからない

オーディションの曲が発表された。

毎日毎日、ラテン語の宿題をそっちのけにして練習した。自由曲の『パンの笛』は、先生によればいい線になっていたし、最終審査《しんさ》のライネッケの『バラード』は前に吹《ふ》いていたし、なんとかなるかもしれない。それに音楽院の計《はか》らいで、最終審査《しんさ》に残る生徒は、音楽院のシニアオケといっしょに課題曲を練習できることになったから、ホッとした。

問題は、第一次審査《しんさ》の『パルティータBWV一〇一三』というバッハの無伴奏《むばんそう》の曲だ。最初の難関を乗りこえられない気がしている。

技術的にむずかしくてどうしようもない、という難曲ではない。ぼくにとっては、『パンの笛』のほうがむずかしい。ただ、どうしても単調になってしまい、悩《なや》んでいた。ミスはしない。指ももたつかない。でも、どうもちがう。この曲をどう解釈《かいしゃく》しどう表現したいのか、わからないでいた。

音楽院の一階ホールのベンチにすわって、ぼーっとしていたら、話しかけられた。

「チャオ、ユージ。来月は第一次審査《しんさ》だな。それで悩《なや》んでんの？」

ジャンフランコがぼくを見下ろしていた。もちろん彼《かれ》もオーディションに参加する。サンドロも横にいる。

「チャオ。そう、ちょっと曲がね……」

「『パルティータ』なんて、べつにむずかしい曲じゃないだろ」

サンドロがそういうと、エスプレッソを片手にマルタが近づいてきていった。

「むずかしいよ。シンプルだし、単調になりがちだしさ」

ぼくはマルタにうなずいた。

「ぼくもそう。すごくむずかしい。なんていうか、曲の解釈《かいしゃく》に煮詰《につ》まっていて……」

「解釈《かいしゃく》？　ほーっ」

ジャンフランコが大げさなリアクションをすると、横でサンドロがクスクス笑った。

「まー、おまえにはバッハは理解できないだろーね」

ジャンフランコがぼくを見ながら、にやついた表情でいった。

ジョークなのか、本気なのか。

「やっぱり信仰《しんこう》がないと、むずかしいかもな」

ジョークとは受けとっていなさそうな表情で、サンドロはうなずいた。

反論しようとしたら、先にマルタが口火を切った。

「あんたら、なにいってんの？　バッハの曲の美しさは、べつにクリスチャンとか関係ないよ。それとも、いちいち夕日の美しさとかに宗教性を求めんの？」

「自然美とバッハの音楽性はちがう」

今度はジャンフランコが、やけに真剣《しんけん》な眼差《まなざ》しでいった。

ぼくは立ち上がった。

「たしかにさ……」

頭の中に『パルティータ』のメロディが流れだす。

「ぼくは、きみたちみたいにキリスト教徒じゃない。だからバッハの曲の本質まではわからないかもしれない。でも、荘厳《そうごん》さや美しさは感じるよ。それはもう理屈《りくつ》じゃなくてさ。背筋がゾクッとするような、感覚的なものだよ」

「へえ。ゾ、ク、ッとねぇ」

ジャンフランコは意味ありげにサンドロを見、サンドロはゲラゲラ笑いだした。

ぼくは内心ムカッとしていた。

彼《かれ》らがぼくをバカにしているのはわかっている。このふたりの半分も才能がないのに、なぜ推薦《すいせん》されたのか疑問に思っていることだろう。それに、どうやらアジア系の人間が嫌《きら》いなのも知っている。

「すばらしい音楽を聴《き》いて、ゾクッとしないなんて、おかしいだろう?」

と、つぶやくように反論してみたけど、彼《かれ》らには聞こえていなかった。

サンドロとジャンフランコが立ち去り、マルタはエスプレッソのプラスチックカップをぐちゃっとつぶすと、「フン」といって、ゴミ箱に放りなげた。

「つたく気に入らないよ、あのコンビ。ひとりひとりだとまだいいけどさ、ふたり合わさるとすっごくやな感じ」

「まあね」

「あー、第三次審査《しんさ》まで行きたいなぁ」

「ああ、ライネッケの『バラード』ね。あれ、いい曲だよね。ぼくもなんとか三次まで残りたい。本物オケと吹《ふ》けるなんて、もう二度とないチャンスかもしれないし」

「あたしも。でもさ、くやしいけど、あのバカサンドロがいるからさぁ。同じ学院からふたりもフルートが選ばれる可能性はないだろうし」

マルタがめずらしくため息をついた。

「実力があれば、それもアリなんじゃない？」

マルタはぼくをちらっと見上げて、うなずいた。

「あんた、いつのまにかあたしより背がでかくなったね」

そういえば、ぼくよりいつも高かったマルタの目線がやけに低い。

「ホントだ」

「ちぇっ。だんだんかわいいユージじゃなくなってきたなぁ。今度のオーディションでは、あんたもあたしのライバルだ」

「う、うん」

「自由曲はなに吹《ふ》くのさ？」

ドキッとした。もちろんサンティーニ先生が、同じ曲が重ならないように配慮《はいりょ》はしてくれているはずだけど。

「……『パンの笛』だよ」

「えっ、そうなんだ？　ふーん。いい曲選んだね。あたしはさ……シャミナードの『コンチェルティーノ』だよ。派手にガンガン吹《ふ》いて、あたしらしくていいでしょ」

思わず笑った。華《はな》やかな曲だけど、マルタが吹《ふ》くとちょっと荒《あら》っぽくて、「派手」という表現がぴったりだろう。

「サンドロはなにかな？」

「さあ……ただ……」

「ただ、なにさ？　あんたのレッスン、あいつのあとでしょ。聴《き》こえてんでしょ、なに吹《ふ》いてんのか教えてよ」

マルタがこんなことをいうなんて、ちょっと意外だった。相当サンドロを意識しているようだ。

「今、サンドロが吹《ふ》いているのは、ボルヌの『カルメン幻想曲《げんそうきょく》』……だな」

ビゼーの名曲『カルメン』を、ボルヌがアレンジした、これまたフルートの名曲だ。

「あっ、そう。あいつの超絶技巧《ちょうぜつぎこう》なら、うまく吹《ふ》けるだろうね。けどさ、なんか、あの冷徹《れいてつ》なサンドロと情熱的なカルメンって、結びつかないなぁ。カルメンなら、やっぱ激しいのがいいな。くやしいけど、ジャンフリのヴァイオリンなら、多分ピッタリだよね」

そういうと、マルタはほんのちょっと、うっとりとした目つきをした。

なんだかんだいっても、マルタはジャンフランコのヴァイオリンが好きなのだろう。それはぼくもそうだし、音楽院全体が彼《かれ》の態度の悪口をいいつつも、演奏には惚《ほ》れている。

あの端正《たんせい》な顔のジャンフランコが目の前で情熱的にカルメンを演奏したら、たとえマルタでもコロッといきそうだ。

ちょっとジェラシーを感じている自分にはっとしたぼくは、あわてて話題を変えた。

23

アドリブ

サンドロはこのあいだ「バッハは数学とよく比較《ひかく》されるがそのとおりだ」といった。だから、バッハの『ゴールドベルク変奏曲』なんかも、表現が豊かすぎるグレン・ゴールドの演奏は嫌《きら》いだという。ぼくは口ずさみながら弾《ひ》くグレン・ゴールドの演奏が大好きだが、サンドロはそれこそが苦手らしい。

「バッハっていうのは、感情的に演奏するものじゃない。きっちり、譜面《ふめん》どおりに、感情をあえて殺して完璧《かんぺき》に演奏してこそ浮《う》きあがってくる『美』だ」

サンドロはそういいきったが、ぼくはちがうと思った。

もしそうなら、正しい演奏方法はひとつしかないってことになる。それなら、長い年月の中でいろんな音楽家がさまざまな表現のしかたで演奏してきたことは、すべて無意味になる。

答えはひとつじゃないはずだ。

ぼくは暗中模索《あんちゅうもさく》していくなかで、バッハというのは、本当にサンドロがいうような絶対的な価値観で曲を書いたのだろうかと疑問を持った。

クラシックの世界はガチガチに譜面《ふめん》どおりに演奏しないといけないと思われているけれど、もともと即興《そっきょう》演奏もあったし、「アドリブ」もある。

バロック音楽の時代には、作曲家が演奏家だった。だから譜面《ふめん》には指示がほとんどない。それでもすでに「アドリブ」という概念《がいねん》があった。もちろんジャズほど自由じゃなくて装飾《そうしょく》に近いレベルだったんだろうけど、アドリブ演奏はバロック音楽ではふつうだったらしい。通奏低《つうそうてい》音《おん》に合わせて、即興《そっきょう》で、アドリブで、曲をアレンジするなんて、それこそジャズみたいじゃないか。

その後のモーツァルトなんかは、アドリブやカデンツァといった、自由な演奏をしていいよっていう記号をわざわざ書いている楽譜《がくふ》が多い。

つまり、作曲家が自ら演奏していたのだから、一応ベースはあってもその場の「ノリ」で演奏したんじゃないか。だから「アドリブ」なんだろう。

それは完璧《かんぺき》とは程遠い。「その瞬間《しゅんかん》の自分なりの」答えなんだと思う。そして翌日にはちがう答えがあるんだろう。

音楽の『美』って、そこじゃないんだろうか？

そもそも『美』というのがなんなのか、ぼくにはわからない。

けれど、ぼくは、目の前の、理屈《りくつ》では理解できないようなものに圧倒《あっとう》されるとき、それを美だと受けとめているのだと思う。夏の長い影《かげ》や、丘陵《きゅうりょう》を真っ赤に染める夕日や、静かな斜面《しゃめん》を照らす月の光や、泣きたくなる音楽や、エゴン・シーレの絵なんかを目の前にするとき、美は完璧《かんぺき》なものではなくて、むしろその逆なのではないかと思えてくる。

だいたい、完璧《かんぺき》かどうかは、だれが決めるんだろう。やっぱり信仰《しんこう》のないぼくには、理解できない「絶対的なもの」なんだろうか。

自然の美しさは刻々《こっこく》と変わるし、一秒たりとも同じものはない。

音楽だってそうだ。

生演奏を聴《き》いたときのあの感動は、そのとき限りだ。あとで録音を聴《き》いても、ライヴの高揚《こうよう》感《かん》はすっかり冷めている。

絵画だって、画集で見るのと実物を見るのでは、ぜんぜんちがう。色の再現性やサイズの問題だけじゃない。目の前のキャンバスに、画家が触《ふ》れたのかと思うと、ドキドキしてくるのだ。

それらは完璧《かんぺき》なものじゃなくて、もっとゆらゆらと揺《ゆ》れて変化し、とらえどころのないものなんじゃないだろうか。

『美』とは、うつろいやすい自然や、人が創作したはかないものを、自由に受けとめることなんじゃないだろうか。

家でフルートを吹《ふ》いていて、窓の外にふと目をやった。

季節は春で、すでに日が長くなってきていた。光り輝《かがや》く草の斜面《しゃめん》は赤く染まり、太陽は丘《おか》の向こうに沈《しず》み、ゆっくりと暗くなっていくけどまだほんのり明るくて、夕方と夜のあいだになる。

ぼくはこの時間が好きだ。真っ暗な夜が始まるまで、昼行性の動物は巣に入り、夜行性の動物はのろのろと這《は》い出してくる。

昼と夜のあいだ、音と無音のあいだ、行と行のあいだ、大人と子どものあいだ……。

そんな「あいだ」が好きだ。どっちでもないし、どっちでもある「非絶対的」なもの。それはサンドロが好きな「絶対的なもの」とはちがうのだろう。

バッハは神のために作曲したのかもしれない。でもぼくには信仰《しんこう》がない。だから一点から光を与《あた》える絶対的なものじゃなくて、天と地のあいだの、消えゆく光のあいまいではかないものを感じながら吹《ふ》いた。

ぼくにとっての『パルティータ』はこれだ、と思った。

第一次審査《しんさ》で参加者が次々《つぎつぎ》に吹《ふ》く『パルティータ』を聴《き》いて、同じ曲でもこんなにちがうのかと、愕然《がくぜん》とした。

サンドロの演奏は、ほかの音楽院のだれよりも正確で、非の打ちどころがなかった。まるで複雑な数式がどんどん解かれていくように、論理的で隙《すき》がなかった。サンドロにとって、バッハの『パルティータ』の答えは、完全無欠なのだ。

第一次審査《しんさ》の結果が出たとき、参加者はみな会場の大ホールにいた。結果発表が張りだされると、ホール中が大騒《おおさわ》ぎになった。ものすごい人だかりができて、張り紙になかなか近づけなかった。でも、早く結果を知りたかった。いつのまにか人をかきわけて前に進んでいた。パスしているように祈《いの》りながら、大きな紙を見つめた。前にいる人たちの頭が邪魔《じゃま》で、紙の下のほうが見えない。

どいてくれるように頼《たの》もうとしたとき、同じ音楽院のチェロ科の子が叫《さけ》んだ。

「ちぇっ、オレ、ダメだった。ヴァイオリンは……あったぞ、ジャンフランコ！　あとうちの音楽院では……フルートのサンドロと、えっ、ユージかよ？」

「まじ？　ユージ？」

同じ音楽院のなん人かがぼくを見た。

「そんなにおどろくことないだろ」

というと、みんなが笑った。

ぼくは自分の目で、第一次審査《しんさ》通過者リストに自分の名前があることを確認《かくにん》し、ホッと息をついた。

通らないかもしれないと思っていた。だからうれしいと同時に、意外だった。サンドロはもちろんパスしていたけれど、マルタの名前がなかった。

マルタはぼくの背中をドスン、と叩《たた》いた。

「ま、こうなることは予想してたよ。あたし、バッハ苦手だし。せめてあんたが通ってよかった」

「……ごめん」

「あやまるな。ユージ！　あたしの仇《かたき》を討《う》て。ぜったい、サンドロに負けるなよ！」

ぼくはいつものように元気なマルタの声を聞くと、安心してうなずいた。でも、みんなにあいさつをして帰っていくマルタの顔は、くやしそうだった。

サンティーニ先生が歩いてきた。オーディションを聴《き》いていてくれたらしい。

「よかったよ、ユージ、サンドロ。ふたり残れたのは快挙だな。よし、二次審査《しんさ》に向けて、最後の調整をしよう。学院にもどるぞ」

ぼくたちは会場を出て、駅に向かった。

勝ち負けじゃない。これはコンクールじゃないんだから、順位があるわけじゃない。でも、選ばれたい。どうしても最終審査《しんさ》まで残って、本物のオケでソリストをやってみたい。しかも、最終審査《しんさ》の課題曲であるライネッケの『バラード』は大好きな曲なのだ。


翌日の第二次審査《しんさ》の演奏は、公平さを保つために、その場でランダムにくじを引いて、順番が決まった。

ぼくは三番目だった。

ぼくが吹《ふ》く曲、ムーケの『パンの笛』には、それぞれの楽章に詩がついている。顔は人間で角を持ち、四肢《しし》は山羊のパン。陽《ひ》のあたる野原や森をかけまわり、小川のほとりでまどろみ、気ままな暮らしをしているパンを生き生きと描《えが》いた明るい曲だ。

楽しくて、ワクワクしてくるような第一楽章〈パンと羊飼い〉。ゆったりとしたアダージョの第二楽章〈パンと小鳥たち〉。鳥のさえずりのような美しいメロディ。豊かな大自然の中で、自由に飛ぶ鳥。少しもの悲しいようなこの第二楽章がぼくは大好きだ。第一楽章や、華《はな》やかな第三楽章にはさまれた「あいだ」だ。

静かに終わった第二楽章のあとは、きらびやかな第三楽章。〈パンと妖精《ようせい》たち〉。ものすごい速さで動きまわり、あちこちでいたずらをしてまわる楽しい無邪気《むじゃき》な牧神《ぼくしん》パンをイメージしながら、『パンの笛』を吹《ふ》きおえた。

頭を下げて、退場する。息を使いすぎたせいか、興奮していたからか、頭がくらくらして、よろめくように袖《そで》に入り息を整えた。

会場にはマルタも来ていた。サンティーニ先生は自分自身のデュオ・コンサートだったから、来られなかった。結果が出たらすぐ知らせるようにいわれている。

フルートを拭《ふ》いて、マルタのとなりにすわると、「すごくよかったよ」といわれてホッとした。マルタは、うっすらと涙《なみだ》を浮《う》かべていた。

「ちょっとヤキモチを焼きたくなるくらい、よかったよ、ユージ」

と、ささやいてくれたとき、もしここで敗退しても、やれるだけのことはやったと自覚できた。

もちろん、最終審査《しんさ》でオケと吹《ふ》きたい気持ちは残っているけれど。

サンドロの出番は最後だった。ぼくがまだ吹《ふ》けそうにない『カルメン』を、彼《かれ》は完璧《かんぺき》にこなした。感動したかどうか、は別の話だけど。

マルタが不服そうに耳打ちした。

「カルメンっぽくない。ドン・ホセに殺されるロマの女、カルメンの話だよ？　どろどろとした愛と憎《にく》しみ、落ちぶれた酒場、情熱と悪夢がまじりあったドラマチックな曲には聴《き》こえなかったけど！」

たしかに、ぼくもそう思った。ライバルのことを悪く評価するのはアンフェアな気がして黙《だま》っていたけど、サンドロのテクニックに感心はしても、胸を揺《ゆ》さぶられたことはない。とくに、こういう情熱的な曲は、サンドロには向いていない気がした。

彼《かれ》のバッハの解釈《かいしゃく》はわからないでもない。でも、カルメンをどう解釈《かいしゃく》しているんだろう？　サンドロのカルメンは、えらくドラマチックな話をテレビの画面でポテチでもかじりながら他人事《ひとごと》として観《み》ているような感じがした。

じりじりと待たされるのは、きつかった。結果は一時間後に出るはずだったけど、審査員《しんさいん》の意見が分かれているらしく、一時間半過ぎても、結果は出なかった。

マルタは試験勉強があるからといって帰ってしまった。サンドロはいなくなり、ぼくは会場の外のベンチで自販機《じはんき》のエスプレッソコーヒーを飲んで板チョコをかじり、また会場の大ホールにもどって、ラテン語の勉強をした。

発表の時間になると、張り出された紙の前にあっという間に人が集まり、自分の名前を探すのにひと苦労した。でも、今度は十人しか残らない。目を凝《こ》らして、じっと見る。YujiのYを探したけど、ない……ない……いや、あった！

【Mori Yuji】あった！

心臓がバクバク打ちはじめた。小さくガッツポーズをした。

やった！　最終審査《しんさ》でオケと吹《ふ》けるぞ！

あ、サンドロは？　あわててもう一度目を凝《こ》らす。

デッラ・コルテ・サンドロ……サンドロ・デッラ・コルテ……。ない。サンドロの名前がない。そんなバカな。なんど確認《かくにん》しても、やっぱりサンドロの名前はなかった。

複雑な気分だった。正直、「あいつに勝ったぞ」という気持ちがなかったわけではない。でも同時に、後ろめたい気分にもなっていた。

キョロキョロすると、サンドロがホールから出ていくのが見えた。

ぼくは焦《あせ》って追いかけた。

「サンドロ！」

サンドロはスタスタ歩いていく。

「サンドロ、あのさ」

横に並んで話しかけると、サンドロはピタッと足を止めた。

「なぐさめの言葉でもかけに来たのか？」

その目は、いつものクールなサンドロのものじゃなかった。憎《にく》しみに満ちあふれていた。

「ご、ごめん。まさかこういう……」

「ばかやろう、あやまるな！」

サンドロはぼくの胸《むな》ぐらをつかむと、おそろしい形相《ぎょうそう》をした。その目は赤くなっていて、ぼくはハッとした。サンドロにも、感情はあるのだ。

なにもいえずにいると、サンドロはぼくの襟《えり》をつかんでいた手を放した。

「オレはおまえらのだれよりも努力してるし、テクニックもある！」

「わかってる」

「腹が立つんだ。毎日三十分しか練習していないヤツが選ばれたことにな！」

「それはちがうよ。今は毎日二時間ぐらい練習してるし、週末は五時間吹《ふ》くよ。本当はもっと練習したい。でもぼくには、音楽家になれなかったら家を継《つ》ぐみたいな選択肢《せんたくし》はない。学校の勉強だってちゃんとやって、将来は仕事を見つけないといけないんだ」

「フン」と、サンドロは鼻で笑った。

「おまえんちの事情なんか関係ない。練習時間が二時間になっても変わらない。オレはずっと、ずっと、何年ものあいだ、毎日三時間吹《ふ》いてきた。友だちも、学校も、ほかのことすべてを犠《ぎ》牲《せい》にしてきた。ダメだったら家を継《つ》ぐみたいな選択肢《せんたくし》は、オレにだってないんだよ！　そんな生半可《なまはんか》な気持ちでできるわけないだろう！　おまえやマルタとは、音楽への向き合い方がちがうんだ。おまえみたいなヤツが通って、オレが通らないのは許せない！」

ぼくの中に、今まで感じたこともないような苛立《いらだ》ちがつのりはじめ、感情を抑《おさ》えきれなくなってきた。

「じゃあいわせてもらうけど、なんで落ちたと思う？　きみほどのテクニックがあって、なぜ選ばれなかったんだ？」

サンドロは目をむいた。

「趣味《しゅみ》の問題だ！　あいつら審査員《しんさいん》の趣味《しゅみ》に合わなかったから、オレは落ちた。ただそれだけだ。あいつらは、大げさな表現をするヤツが好きなんだろう。おまえみたいにな。オレはちがう。オレの音楽性は、そういう下品なものじゃない。わかる人にはわかるんだ」

こんどこそ、ぼくはムカッと来た。

「そういう上から目線じゃ、審査員《しんさいん》はおろか人の心を揺《ゆ》さぶるような演奏はできないと思う。サンドロはなんのために吹《ふ》くんだ？　自分の超絶技巧《ちょうぜつぎこう》を自慢《じまん》したいからか？　ミスがひとつもないって褒《ほ》めてもらいたいからか？　自己満足に陶酔《とうすい》したいからか？　カルメンの悲劇に共感し、悲しみや喜びや情熱をだれかとシェアしたいからじゃないんだろう？」

「ふざけるな！　オレはおまえの何倍も努力してきた。それをおまえみたいな……」

ぼくは彼《かれ》の話をさえぎる。

「きみに足りないのは、テクニックじゃない。努力でもない。闇《やみ》だよ。不安で泣いたり、コンプレックスに苦しんだり、差別されて惨《みじ》めな想《おも》いをしたり、だれかに片思いをしたり、孤独《こどく》で死にそうになったりしたことなんてないだろ？　きみの心にはそういう闇《やみ》がないから、人の苦しみや悲しみがわからないんだよ！　つまり、それが音楽だろう？」

サンドロが拳《こぶし》を振《ふ》りあげた。

ぼくは思わず飛びのいた。

「一度ぐらいオレに勝ったからって、いい気になるな！」

サンドロはそのまま走っていってしまった。

とんでもないことをいってしまった。でも、本心だった。


サンドロにあんなことをいっておいて、罪悪感に押《お》しつぶされそうになっていた。

ぼくには、本当に選ばれる権利なんてあったんだろうか。このまま先に進んでいいんだろうか。

いや、ぼくは先に進まなければならない。ベストを尽《つ》くして、最終審査《しんさ》に挑《いど》もう。そして、ヤングオーケストラに入ろう。

それがぼくの答えだ。適当にやり過ごしておずおずとあきらめるわけにはいかない。じゃないと、応援《おうえん》してくれるみんなに、長年教えてくれたサンティーニ先生に、そして二日間で音楽の喜びを教えてくれたマエストロ・ビーニに、合わせる顔がない。

なによりも、ぼく自身、ヤングオーケストラに入りたいと思っている。

どうしても、入りたい。

最終審査《しんさ》は来週の土曜日だ。

帰りのバスの中で、母やサンティーニ先生、そしてマルタにメッセージを送った。

「ヤングオーケストラの最終審査《しんさ》に残りました」

24 オーディション

ぼくは列車で北部のヴェローナに向かっている。最終審査《しんさ》なんだから仕事を休んでついていくと母がいったが、断った。かえって緊張《きんちょう》しそうだからだ。

サンティーニ先生は、今日は朝からヴェネツィアの小さな音楽コンクールの審査員《しんさいん》をやるから、残念ながら来られない。

でも、ひとりのほうがかえって気楽だ。期待が大きいと、荷が重い。

ボローニャで列車を乗り換《か》えるとき、ホームでサンドロの姿を見て、ギクッとした。

向こうも気づいて、無表情で近づいてきた。

「チャオ……」とだけいうと、サンドロは「公開審査《しんさ》だ。音楽院の生徒はだれでも入るのは自由だ」といい放ってホームの奥《おく》に移動した。

ところが、自由席のある車両は少なくて、結局ぼくたちは、ほんの二列だけ離《はな》れた通路側の向かいあった席になってしまった。

すごく気まずい。サンドロはちらちらとぼくを見ている。視線はするどくて、刺《さ》すようだ。ぼくに腹を立てていることは明らかだ。この一週間、音楽院ですれちがっても、たがいに口をきかなかった。

前を向くと、どうしてもサンドロと目を合わせてしまう。窓の外を見ようと思っても、となりの人がカーテンをおろして寝《ね》ているから、なにも見えない。反対側の窓を見ようとすると、すごくきれいな女の子がすわっていて、ぼくがじろじろ見ているとかんちがいされそうだ。

しかたがないからスマホをいじっていたが、寝不足《ねぶそく》のせいか、目がチカチカしてきた。寝《ね》たふりをしよう。

パンパンにふくらんだ重いリュックを足元に置く。おにぎりや水や楽譜《がくふ》、念のために持ってきた折りたたみ式の譜面台《ふめんだい》や傘《かさ》。今夜は主催者《オーガナイザー》が手配してくれた学生寮《がくせいりょう》に一泊《ぱく》することになっているので、着替《きが》えなども入っている。膝《ひざ》の上にフルートケースを置く。その上に両手をのせ、ぎゅっと握《にぎ》りしめるようにして目をつぶる。たった一時間二十分ほどの旅だ。

そう思って目をつぶっていると、だんだん眠《ねむ》くなってきた。

昨日は緊張《きんちょう》のあまり、熟睡《じゅくすい》できなかった。

電車はガタンガタンと音をたて、心地《ここち》よく左右に揺《ゆ》れる。かっこうの揺《ゆ》りかごだ。

夢を見ていた。

夢の中で、マエストロ・ビーニがどなっていた。

「ユージ！　もっと吹《ふ》け！」

「ユージ！」

だれかに肩《かた》を叩《たた》かれた気がした。

頭がぼんやりしていた。目を開けると、もうどこかの駅に到着《とうちゃく》していて、人がどんどん下車しているところだった。

ホームの駅名を見ると、「ヴェローナ」。

え、ヴェローナ？

ぼくはあわてて立ち上がる。

自分のリュックにつまずいて転びそうになり、あわててリュックを背負う。

フルートケースは……ない。膝《ひざ》から落ちたかと思って床《ゆか》を探すが、ない。

ない！

頭の中が完全にパニックになっていた。

となりの人はもういない。前の席の人もいない。

盗《ぬす》まれたのか！

ふとサンドロを探すと、サンドロの姿もない。

あわてて人をかきわけて列車からおりる。ホームを全力でかけていくサンドロの青いジャンパーが見えた。

まさか。

ぼくは全力で走った。

サンドロがぼくのフルートを盗《と》ったのか？

ぼくを最終審査《しんさ》に参加させないためにか？

いやな考えが浮《う》かぶ。

そんなはずない。いくらなんでも、サンドロがそんなことをするわけがない。でも……。

涙《なみだ》が出てきた。なぜ眠《ねむ》ってしまったんだろう。こんな大事なときに！

「どろぼうだ！」「どろぼう！」「そいつをつかまえろ！」

だれかの叫《さけ》び声が響《ひび》いた。

追いついた。人だかりがしていた。警官がふたりいる。サンドロもいる。わけがわからなくなって、その輪の中に入る。警官のひとりがだれかの襟首《えりくび》をつかんでいる。もうひとりが手錠《てじょう》をかけた。サンドロ……じゃない。サンドロはそいつの手からぼくのフルートケースを引きはがそうとした。

「待ちなさい！」

警官がどなって、ぼくのフルートケースをつかんだ。

「これはだれの持ち物かね？」

「ぼくのです！」

「ええ、彼《かれ》のです。その男がこれを盗《ぬす》んで列車から走りでたのを、目撃《もくげき》しました」

サンドロがいった。

「領収書はあるかね？」

警官がぼくに聞く。そんなもの、ここにあるわけない。

「ここにはありません。でも、ぼくはこれからヤングオーケストラのオーディションの最終審《しん》査《さ》なんです」

必死に訴《うった》えると、警官はうなずいた。

「ほう。あのヤングオーケストラにね。すごいじゃないか。じゃ、盗難《とうなん》の手続きをするから、ふたりとも駅の保安室に来て」

警官は、ジタバタするどろぼうを捕《つか》まえたままだ。

「ちょっと待ってください、そんな時間ないです。オーディションのリハは一時間後で、ここからまだバスで三十分くらいかかるんです」

警官はぼくをじろっと見ると、

「オーディション参加の証明となる書類は持っているかね？」と聞いた。

「は、はい」

リュックは物がぎっしり入っていて、すぐに取りだせそうになかった。駅の床《ゆか》の上に、ぼくはあれこれ引っぱりだして置き、リュックの奥《おく》にやっと書類を見つけた。身分証明書と音楽院の学生証も見せた。

「ふむ。なるほど。では、とりあえずフルートは返そう」

警官が、フルートを返してくれた。

「しかし、手続きは必要だ。ふたりともついてきなさい」

警官が観念した男を引きずっていく。

「サンドロ、フルートを取りかえしてくれてありがとう」

「フン」

サンドロは鼻で笑った。

「おまえのために取りかえしたわけじゃない。おまえが落ちたのはフルートを盗《と》られたからだったなんてふざけたいい訳をさせないためだ。堂々《どうどう》と闘《たたか》ってコテンパンに負けるところを確《かく》認《にん》したいだけだ」

こんどはぼくが笑った。

数秒おきに、ぼくたちがついてくるか、警官たちが振《ふ》りかえる。

こんなことをしている場合じゃないのに！

「行けよ」と、サンドロがささやいた。

「えっ」

「目撃者《もくげきしゃ》のオレがいればいいだろ。行け。逃《に》げろ」

「でも」

「おまえが最終審査《しんさ》で負けるところを見たいんだ」

「サンドロ……ぼくは……」

「いいから早く行けよ！」

警官が振《ふ》りむいた。

ぼくは走りだした。

「きみ！　こら、待ちなさい！」

警官の声が遠のいていく。

今までずっとサンドロを誤解してきたのかもしれない。サンドロがぼくのフルートを盗《ぬす》んだと、ほんの一瞬《いっしゅん》でも思ってしまった。でもちがった。サンドロは、ぼくのフルートを取りかえしてくれた。

ぼくはなんて、大バカなんだろう！

なんてヤツだ。自分で自分がいやになる。


ぼくは走ってバスに乗り、会場に向かった。

サンドロに感謝してもしきれない。

ぼくができることはただひとつ。

最終審査《しんさ》をパスして、ヤングオーケストラに入ることだ。

最善を尽《つ》くそう。

25
覚悟《かくご》はできている

オーケストラとのリハーサルが始まった。

ぼくの前の人は、ローマの名門サンタ・チェチリア音楽院から来ている生徒だ。どこかで見たことがあると思ったら、髪型《かみがた》は変えていたけれど、去年マエストロ・ビーニのマスタークラスでいっしょだったジュリアだ。テクニックも表現力も申し分ない。サンドロのテクニックに、マルタやリナの表現力を足して、洗練させたようなレベル。前より、さらに上達している。

吹《ふ》きおわって舞台裏《ぶたいうら》にもどってきたジュリアは、ぼくを見て微笑《ほほえ》んだ。

「なんだ、ユージじゃないの。急に背が伸《の》びたからわからなかったわ。さあ、がんばってらっしゃい」

余裕《よゆう》たっぷりだった。彼女《かのじょ》のあとで吹《ふ》くのは気がひけたけど、精いっぱい吹《ふ》くしかない。

リハーサルのあときょろきょろしたけど、サンドロはまだ来ていなかった。ぼくが逃《に》げたことで、こっぴどく怒《おこ》られたかもしれない。手続きに時間がかかっているのかもしれない。申し訳ない気持ちでいっぱいだ。

そして午後二時。最終審査《しんさ》が始まった。

公開審査《しんさ》だけあって、全国の音楽院関係者や生徒で、会場の半分はすでに埋《う》まっている。緊《きん》張感《ちょうかん》は「適度な」レベルを超《こ》えて、どんどん増していく。膝《ひざ》が震《ふる》えはじめた。

それでも、名まえを呼ばれて舞台《ぶたい》に立つと、とたんに震《ふる》えは止まった。

審査員《しんさいん》の先生方に頭を下げると、バックにいるヴェローナ野外劇場オーケストラの団員さんたちや指揮者にも頭を下げた。

フルートをかまえる。

指揮者の合図で曲が始まる。ぼくは自分の出番を待って、吹《ふ》きはじめる。

ライネッケの『バラード』。哀《かな》しみというよりも、郷愁《きょうしゅう》を感じるロマンチックな曲だ。

耳に残るせつないメロディ。ライネッケが晩年に書いたこの曲は、ギリシャ神話のようなはっきりとしたテーマがない。だからぼくなりに解釈《かいしゃく》した。

きっと、八十歳《さい》のライネッケが、昔の美しい思い出に浸《ひた》りながら書いたんじゃないだろうか。

出だしのせつない旋律《せんりつ》の合間に、希望が見えはじめる。長い年月のあいだに起きたさまざまな事。喜びや悲しみ。出会いや別れ。光と闇《やみ》。そして最後は平和な気持ちになって、しっとりと人生を終える。そんなことをイメージしながら吹《ふ》いた。

そーっと消え入るように曲が終わり、ぼくは深々《ふかぶか》と頭を下げた。

プロのオーケストラでソロを吹《ふ》けたということ自体、すごいことだ。もうこんなことは二度とないだろう。

本当にありがとうございました。

心の中でそうつぶやきながら舞台《ぶたい》をおりて控室《ひかえしつ》にいくと、サンドロが来ていた。

「サンドロ！　よかった！　こっぴどく怒《おこ》られたか？」

「いや、そうでもない。ただ、オレも相手も未成年だし、書類がたくさんあってうんざりした。それより、おまえの演奏、聴《き》いたぞ」

なにをいわれるんだろう。

「……どうだった？」

「ま、あの曲はシンプルすぎて、オレの超絶技巧《ちょうぜつぎこう》を披露《ひろう》することにはならなかっただろうな。だからもし二次で受かっていても、ここで多分オレは落ちただろう。だがおまえは」

「……」

「今までオレがおまえをノーマークにしていたのは、まちがいだった。ああいうセンチメンタルな曲や吹《ふ》き方はオレの趣味《しゅみ》じゃないが、あの演奏でおまえが受からなかったら、審査員《しんさいん》はセンスがないってことだ」

そういうと、サンドロはニコリともせずに、控室《ひかえしつ》から出ていこうとした。サンドロが評価してくれるとは思っていなかったから、ぼくは面食らっていた。

「待って、サンドロ、さっきのお礼をいってなかったよ。ありがとう。きみがいなかったら、ぼくは今頃《いまごろ》……」

「ああ」

サンドロは振《ふ》りむいた。

「おまえ、ほんっとにマヌケだよな。スキだらけなんだよ。見ていてムカつくほどにな。それでいて、どいつもこいつもおまえを助けたがる。いいか。運がいいのは、金持ちの家に生まれたオレじゃない。みんなに助けられるおまえだ。マルタなんか、いつもおまえの話しかしない。まったく腹立たしい。今回の貸しはいつか返してもらうからな」

ぼくはうなずいて、サンドロに握手《あくしゅ》を求めた。

「借りは必ず返す。おたがい、がんばろうな」

サンドロは、ぼくが差しだした手をちらっと見て、無視した。

「……オレたちはオトモダチじゃない。競争はまだ始まったばかりだ。これからは、本気でおまえをつぶしにかかるからな。オレはもう帰る。おまえが表彰《ひょうしょう》されるところなんか、見たくもない。だけどな、礼儀《れいぎ》として、受かったかどうかは知らせろよ」

笑いながらうなずくと、サンドロはムッとした顔のまま部屋から出ていった。


ぼくは、ヤングオーケストラの団員になれるだろうか。十人のうち、あきらかに五人はハイレベルだった。自分もその五人のうちには入るような気がするが……。ジュリアはテクニックにおいても表現力においても、ぼくより勝《まさ》っていたと思う。

最終的に選ばれた三人と、補欠のひとりは今夜この会場でコンサートをする。さっきオケと吹《ふ》いた『バラード』を吹《ふ》いてもいいし、伴奏《ばんそう》なしのソロでもいい。劇場は開放され、一般《いっぱん》市民も聴《き》きに来る。そして国営テレビ局で生中継《なまちゅうけい》する。

ぼくは今、心臓が張りさけそうなくらいドキドキしながら、フルートケースをぎゅっと握《にぎ》りしめ、会場の参加者席にすわっている。

二つ先の席にジュリアがすわっているけれど、一度だけ目を合わせて微笑《ほほえ》みあっただけだ。いつも余裕《よゆう》といった空気を漂《ただよ》わせているジュリアでさえ、かなり緊張《きんちょう》した表情で唇《くちびる》をかみ、スマホをいじっている。だれも口をきかない。それぞれスマホを見ている。気を紛《まぎ》らわせないとやっていられないのだ。ぼく自身、スマホを見たり、きょろきょろしたりして、ちっとも落ちつかない。

さっきまで一番前の席にずらりと並んですわっていた審査員《しんさいん》たちは、別室で話しあっている最中だ。

だれをヤングオーケストラに入れるべきか。だれを首席奏者にするのか。

今回は、ホールに張りだされるのではなく、目の前の舞台《ぶたい》上で発表される。その舞台《ぶたい》の中央に、今まさに審査員《しんさいん》たちがぞろぞろと歩いてきて、銀髪《ぎんぱつ》の審査員長《しんさいんちょう》が中央のマイクの前に立った。

いよいよヤングオーケストラの正式なフルート奏者が発表される。審査員長《しんさいんちょう》のあいさつは、ぼくの右耳から入って、左耳から抜《ぬ》けていく。

「……そして、きびしい審査《しんさ》の結果、次のように決まりました」

早く結果を教えてくれ！

「首席フルート奏者」

審査員長《しんさいんちょう》が参加者一同を見つめる。

「ジュリア・ビアンキ」

やっぱりジュリアだ。当然の結果に、会場にいた音楽院生たちから盛大な拍手《はくしゅ》が起きた。

ジュリアが立ち上がって、泣きそうな顔をしながら、舞台《ぶたい》に上がっていく。

彼女《かのじょ》なら、文句ない。すばらしい演奏だった。

「第二フルート奏者」

審査員長《しんさいんちょう》が紙から目を上げる。

「ユージ・モリ」

「……」

息をのむ。

あわててフルートケースを握《にぎ》りしめたまま立ち上がると、膝《ひざ》からリュックが落ちて大きな音を立てた。会場に笑い声が広がった。

今にも胸から飛びだしそうな心臓に「落ちつけ」といい聞かせながら、ぼくも舞台《ぶたい》に上がる。焦《あせ》っていたから、フルートケースを手に握《にぎ》ったままだった。段を上りながら、ケースを肩《かた》にかけ、信じられない思いで、審査員長《しんさいんちょう》から正式な団員になる羊皮紙ふうの証書を両手で受けとった。

「イタリア・ナショナル・ヤングオーケストラ二〇一九　オーディション
ユージ・モリ殿《どの》　審査《しんさ》の結果、あなたを……」

涙《なみだ》で最後まで読めなかった。

審査員《しんさいん》全員と握手《あくしゅ》をし、頭を下げて席にもどったとたん、緊張《きんちょう》がほぐれて、どっと疲《つか》れが出た。第三フルート兼《けん》ピッコロ奏者にヴェネツィアの音楽院の六年生、そして補欠にはナポリの音楽院の五年生が選ばれ、次々《つぎつぎ》に舞台《ぶたい》に上がっていくのを見届けた。

信じられない。ヤングオーケストラの一員になれたのだ。

やっと喜びをかみしめはじめた。頭が熱に浮《う》かされたようになっている。いや、ぼーっとしている場合じゃない。みんなに知らせなきゃ。

あわててサンティーニ先生、マルタ、母、和田さん、ボーエン、そしてサンドロにメッセージを送った。

「おめでとう！　ぼくも誇《ほこ》らしい。夜のコンサートにはかけつけられると思うよ」

サンティーニ先生からメッセージが来た。

「やったーっ！　ユージおめでとう！」「コンサート、テレビで観《み》るからね！」

マルタとボーエンがそれぞれメッセージを返してきてくれた。母と和田さんからもビデオメッセージが届いた。ふたりとも泣いていた。

しばらくすると、サンドロから返事が来た。

「くそっ。やっぱりオレの審査《しんさ》は正しかった。オレは乗りかえの列車が一時間遅《おく》れてムカついている最中だ。二倍腹が立つ。オレはおまえを全力で憎《にく》む。それがオレの『闇《やみ》』だ。覚えておけ！」

ぼくはサンドロのくやしそうな表情を想像して、思わず笑った。

夜まで休憩《きゅうけい》になる。空腹で目がまわりそうになりながら立ち上がると、ジュリアがかけよってきてくれた。

「おめでとう！　今年の夏はふたりそろって団員ね！」

「うん。ジュリア、おめでとう。最高の演奏だったよ」

「ありがとう。あなたもすごくよかったわ！　覚悟《かくご》はできてる？」

ぼくはうなずいた。

覚悟《かくご》はできている。音楽に本気で立ちむかう覚悟《かくご》。

「よし、じゃあ腹ごしらえに行こう。広間に軽食を用意してくれてるのよ」

「うん。今ならイノシシを丸ごと食べられそうだよ」

ジュリアは顔をくしゃくしゃにして笑った。


クラリネット部門、オーボエ部門とともに、夜はそれぞれの演奏者のソロ・コンサートがある。テレビの生中継《なまちゅうけい》は、マルタ、ボーエン、そしてレストラン和田でも観《み》てくれるらしい。会場にはどんどん人が入ってきていて、生中継《なまちゅうけい》の大型カメラが設置され、ぼくは控室《ひかえしつ》でドキドキしながら待っている。

クラリネットのあとは、いよいよフルート部門のコンサートだ。ぼくは指揮者に、もう一度ライネッケの『バラード』を吹《ふ》くと伝えた。

ジュリアは無伴奏《むばんそう》の曲を吹《ふ》くため、オケの団員さんたちはいったん袖《そで》に引きあげた。

スポットライトを浴びて大きな拍手《はくしゅ》を受けても、ジュリアはひるむこともなく、にっこり微《ほ》笑《え》んでおじぎをした。そして、第一次審査《しんさ》で吹《ふ》いたバッハの『パルティータ』を吹《ふ》きはじめた。

たしかなテクニックに裏打ちされた演奏は、表現力も豊かで、第一次審査《しんさ》のときよりもほんの少しゆっくりめで、すばらしい演奏だ。澄《す》んだ音が、なんの迷いもなく遠くまで飛んでいく。

このあとはぼくだ。だんだん怖《こわ》くなってきた。本番に強いといわれていても、なにしろこれだけ大勢の人の前で、しかもテレビ局の生中継《なまちゅうけい》カメラの前で吹《ふ》くのは初めてだから。

ジュリアが舞台《ぶたい》の上で拍手喝采《はくしゅかっさい》を受け、オーケストラの団員さんたちがまた舞台《ぶたい》にもどる準備をしているのを見て、ぼくは異常に緊張《きんちょう》してきた。息が苦しい。膝《ひざ》も震《ふる》える。

そのとき、サンティーニ先生が舞台《ぶたい》の袖《そで》までかけつけてくれた。先生は、プロでも緊張《きんちょう》はするから心配ないといった。

「いつものように、落ちついて吹《ふ》け。だいじょうぶだ」

ぼくはうなずいて、深呼吸をした。

ジュリアが拍手《はくしゅ》の中、袖《そで》に引きあげてきた。喜びと満足感で、頬《ほほ》が紅潮していた。

オーケストラが舞台《ぶたい》に入っていく。ラに合わせて音合わせをする。そして、ぼくと指揮者が舞台《ぶたい》の中央に向かっていく。大きな拍手《はくしゅ》が起き、ぼくはさっきのクラリネットのソリストがやったように、おそるおそるコンマスと握手《あくしゅ》をし、観客席に向かって頭を下げる。

体中が熱い。

アドレナリンは、程よい感じを超《こ》えて、体内を猛《もう》スピードでかけめぐっている。

マエストロ・ビーニの言葉を思い出そう。

「音を楽しめ。そして客も楽しませろ」

今、ぼくは月明かりの丘《おか》を前にしているわけじゃない。オーディションに受かるためでもない。目の前にいるたくさんのお客さんのために吹《ふ》こう。客席の一番後ろまで、音楽を届けたい。シェアしたい。

指揮者の合図で、オーケストラの演奏が始まった。美しいヴァイオリンのさざ波が寄せてくる。

ぼくはフルートをかまえ、息を大きく吸いこんだ。

作者あとがき

子どもの頃《ころ》、東京の音大付属幼稚園《ようちえん》に通っていました。とても楽しかった記憶《きおく》があります。卒園後は、家庭の事情により東京都内でなんどか引っ越《こ》し、公立小学校を転々《てんてん》としました。それでも母にピアノだけは続けろといわれ、計七年間、同じ先生にピアノを習いました。中学生のときに指のケガをきっかけにやめましたが、スパルタ教育の先生にうんざりしていたので、正直いってホッとしました。

イタリアで娘《むすめ》が生まれたとき、習い事を強制することだけはしないと決めました。ところが皮肉なことに、ある日、大聖堂で行われていた国立音楽院《コンセルヴァトーリオ》の生徒のコンサートを聴《き》いて、娘《むすめ》が突如《とつじょ》フルートをやりたいといいだしたのです。そして彼女《かのじょ》は音楽院の体験科を経て十歳《さい》でフルート科予科に入りました。交通が不便な所に住んでいたため、卒業までの合計九年間、彼女《かのじょ》を音楽院や発表会、コンクール、夏の合宿に車で送り迎《むか》えしました。長年に渡《わた》り、音楽院特有の世界に浸《ひた》れたことは、私にとっても唯一無二《ゆいいつむに》の経験でした。

音楽院には、緊迫《きんぱく》した空気も流れていました。きびしい鍛錬《たんれん》や非情な競争は、現役でいる限り一生続きます。他のすべてを犠牲《ぎせい》にして何年もコツコツと努力を続けたのに、結局プロになれなかった人や、才能はあってもさまざまな事情でちがう道を選んだ人を目《ま》の当たりにしてきました。でも、本気でなにかに向き合ったことのある人たちは、強いです。彼《かれ》ら特有の集中力や粘《ねば》り強さは、たとえその道で成功せずとも、必ずほかの道でも役に立つと信じています。

丘《おか》の上にそびえたつ音楽院に近づくにつれ聴《き》こえてくるさまざまな楽器の音色は、今でも耳の奥《おく》に響《ひび》いています。毎年夏になると、市内のあちこちで開かれる音楽院生のコンサートに足を運びますが、生で聴《き》く音楽は格別です。紅潮する音楽家たちの表情、拍手《はくしゅ》をする観客たち。感動のシェアは体中の血を巡《めぐ》らせ、生きている、という実感を与《あた》えてくれます。

この物語を書くにあたって、サンティーニ先生のモデルになったT教授、マエストロ・ビーニのモデルになったミラノ・スカラ座管弦楽団《かんげんがくだん》首席フルート奏者のマエストロZ、細部に至るまでアドバイスをくれた娘《むすめ》、そしてすべてのジャンルの音楽家たちに、心より感謝いたします。

二〇一九年一〇月

佐藤まどか

イラストレーション／しまざきジョゼ
ブックデザイン／城所潤+大谷浩介（ジュン・キドコロ・デザイン）

アドリブ

2019年10月30日　初版発行
2025年 6 月30日　6 刷発行

著者　佐藤まどか
発行者　山浦真一
発行所　あすなろ書房
〒162-0041 東京都新宿区早稲田鶴巻町551-4
電話 03-3203-3350（代表）
印刷所　佐久印刷所
製本所　ナショナル製本

©2019 M. Sato
ISBN978-4-7515-2942-3 NDC913 Printed in Japan